Plinio Meyer-Tschenett

Dschon Uein id atras istorias grischunas

Dschon Uein und andere Bündner Geschichten

CH – 7537 Müstair, 2007

Herausgegeben mit Unterstützung von:
Kulturförderung, Kanton Graubünden
Willi Muntwyler Stiftung
Lia Rumantscha
Banca Raiffeisen Engiadina Val Müstair

Umschlag und Illustrationen von Rudolf Mirer

ISBN 978-3-85637-342-9

Cuntgnü / Inhalt:

Chai es quist par ün pövalet, là do al Pass dal Fuorn, avaunt al Tirol dal süd? Plinio Meyer preschainta al lectur, in lingua commoventa

Introducziun dal vegl cusglier naziunal Duri Bezzola

i nüglia preten-ziusa, al spiert i l'orma da quista val. In quists raquints, fablas i poesias gnin nu a savair sco cha's abitaunts da quista val, situada in ün punct d'importaunza strategica, haun pati i sun gnits fuormats düraunt as tschientiners das cumbats tauntar las grondas pussaunzas. L'autur sa maina cun charme, spiert, i cun grond'amur par sia patria, in üna sozietà bainschi serrada in sai id al listess temp averta i progressiva, in la quala al rumauntsch es restà part da la vita da minchadi.

Tot in üna jada incleaini, parchai cha l'uors Lumpaz sa chattea bain, güsta quia i parchai chi's rechatta güst'in quista val ün bain cultural mundial da l'Unesco. Nu nu sa dain er plü da bondar cha l'actual juan champiun mundial da passlung vegn or da quista val: la Val Müstair do al Pass dal Fuorn, chi's riva vers al mond.

Duri Bezzola, Scuol, vegl cusglier naziunal

Was ist das für ein Völkchen hinter dem Ofenpass, vor dem Südtirol? Plinio Meyer bringt dem Leser die Seele dieses Tales, den Geist der Münstertaler in bewegender, geistreicher, schlichter Sprache nahe.

Vorwort des alt Nationalrates Duri Bezzola

In diesen Erzählungen, Fabeln und Gedichten erfahren wir wie die Bewohner dieses strategisch wichtig gelegenen Tals unter den Kämpfen der grossen Mächte durch die Jahrhunderte gelitten haben und geformt wurden. Der Autor trägt uns mit Charme, Witz und grosser Liebe in seine Heimat, in eine eng regional geprägte und gleichzeitig durch die Geschichte und Geografie weltoffene und fortschrittliche Gesellschaft, in welcher das Romanische Teil der Alltagskultur geblieben ist.

Wir verstehen auf einmal, warum sich gerade hier der berühmte Bär Lumpaz so wohl gefühlt hat, warum in diesem Tal ein Unesco Weltkulturerbe steht und wir wundern uns auch nicht mehr, dass der amtierende junge Langlaufweltmeister eben gerade aus diesem Tal stammt: aus dem Münstertal hinter dem Ofenpass, sich zur grossen Welt hin öffnend.

Duri Bezzola, Scuol, a/Nationalrat

DSCHON UEIN

Introducziun

Dal temp dal vest sulvadi, cur cha's fats descrits in quist cudasch haun chattà lö, d'era scolaziun ün bain plütost rar. Staintusa gnia la situaziun, cur ch'ün nu lea sot ningünas cundiziuns inclear, chai cha tschel maniea. Par survivar, d'eran atras qualitats però er bler plü importauntas: forza fisica, resistenza, l'instinct da chatschader id üna tscherta brutalità bain dosada. I schi fea dabasögn d'era la prontezza da liquidar ün da ses numerus conumauns in ün duel, plütost avauntaschaivla par l'aigna dürada da vita.

La civilisaziun nu d'era buna da tegnar pass cun l'expansiun da l'hom alb sül continent nov. As pioniers d'eran pal solit là plü bod i fean lur aignas ledschas. In general lea quai ilura dir, cha quel chi trea plü svelt, d'era er quel chi vea ret. Sot quistas cundiziuns, nu sa stoi sa tor da bondar, scha minchün fea ün pa chai cha'l lea…

Junction-City

Quist lö pers aint il desert dal Kansas vea ses megldars dis schon dalönch do sai. Aint il temp da la fevra d'ar, d'era la cità ün importaunt punct da colliaziun sül viadi vers la California. A millis passean as chertschadars d'ar, gnind da l'ost, tras quista cità. Seguind al clom dal metal jelg id illa spraunza sün ün gornd butin id üna megldra vita. Bod listess blers tuornean ilura inò or da las regiuns da l'ar, senza nuggets i senza raps. Id ida a perdar d'era pal solit er lur spraunza, restada inò aint i's claims chi nu rendean. Minchataunt però s'inscuntrei er ün da ques in cità, sur al qual cha la deessa Fortuna vea svödà ora ses corn. La puolvra d'ar restea ilura par regla tatschada aint il saloon o aint il decolté da sias diligiaintas collavuraturas Kitty, Zelda o Hannah.

Quist d'era però er ün magnet par da totta sorts ratatüglia: aventüriers, ingianadars, bandits i ladars da tot las calurs. Al Sheriff vea da far be abot par mantegnar almain l'apparentscha dad ordan i quetezza. Ses hotel cus jattars da fier davaunt las fanestras d'era adüna bain occupà i minchataunt pendea er ichün vi da la fuorcha, ora davaunt la cità. Mo in general jea tot sco aint il öli i tot as abitaunts da Junction-City fean buns affars.

Cun l'ir a fin da las avainas d'ar, gnia er adüna plü paca gliaud in cità id al lö gnia vi'i plü desert.

La raschun, parchai cha Junction-City nu d'era amo abandunada dal tot, d'era be, pavida cha Wells-Fargo mantegnia là amo üna staziun par müdar as chavais. Quist portea almain minchataunt amo ün pêr estars in cità. Ques passaintean ilura ses temp aint il saloon, fin cha'l viadi jea inavaunt.

I fea ün chad terribal. Al vent süt, chi trea naun or dal desert, portea cun sai ün sablunin fin chi jea aint in mincha sfessa i chi restea tatschà sco colla sülla pel süjantada. Daspö emnas nu d'era crodà ün uot aua. Chauns schmaigrats sa strüzjean aint illa sumbriva sot

7

las penslas in chertscha invana dad ün löin plü frais-ch. Be al sgriziar d'as üschöls aint il vent interrumpea la quetezza.

Billy-Bob, al figl dal cuaför sezzea sülla veranda davaunt l'affar da ses bap i büttea craps do ün jat. Rud Stone, al cuaför sa cupidea sgroflond sün sia zopglia. El svess vess tegni dabasögn dad üna rasura, mo Rud d'era üna da quellas parsunas chi nu tschüttan er nügl'ora bler megldar do fat la barba. Parquai laschea'l star quai. La chalur fea tremblar l'aria i l'orizont tschüttea ora sco ün mar da metal liquid. Billy-Bob tschegnea aint il sulai chi splendurea senza pietà jò sülla terra. Tot in üna jada ha'l viss cha ailch s'avizina a la cità. Be pac a pac d'era'l bun da distinguar las conturas da trai chavalgiaints. Id ha dürà amo üna buna pezza fin ch'el podea far ora detagls. Quists trai stean avair do sai üna lunga i düra chaval-giada. Hom i chavai d'eran cuernats da süsom fin josom cun puolvra id es tschüttean ora têr staungals. I gnian plaunet jò par la main-street i sun chavalgiats speravia senza tal dar bada, in direc-ziun saloon. Pro'l bügl suni gnits jò dal chavai id haun sa tun'ora la puolvra da la büschmainta.

Billy-Bob tas podea ossa cuntaimplar da plü daspera: cowboys, chertschaders d'ar o farmars nu d'erni garanti brich. Quists homans portean colts intuorn as jaluns. Minchün vea duos pisto-las chi pendean vi da tschintas larschas. Implü ta las porteni bass, boccar bass, i quai nu lea dir nüglia da bun!

As spruns glischean aint il sulai i senza perder ün pled suni its vers al saloon, chi sa rechattea ün pa plü injò, sülla vart retta da la via.

Phil al barist id ustèr dal Golden-Nugget, sco cha quista instituzi-un vea nom, in algordaunza da megldar temps, d'era jüsta vi dal siaintar ün pêr majöls. Aint il saloon nu girea bler da quistas uras. Be ün pêr jasts sezzean vi da las maisas. Zelda, impiegada sco "dama da trattegnimaint", sa pozzea indifferenta vi dal clafier i strea intuorn ses stimfs. Larrie, al lappadrun da la cità dormea sezzond sün üna zopglia aint in ün chantun. In maun tegnea'l ün majöl mez plain Whisky, chi cupichea via i naun mincha jada cha'l trea al flà i la sbitscha tal uottea jò süllas chatschas. Vi da la maisa da poker joean quattar homans chartas.

Phil ha duldi pass sün sia veranda. L'üsch dal saloon es it avert i cur cha Phil ha vis quists trai homans chi gnian aint in ses local, cus spruns chi sclingiean, ha'l savü dalunga chi dess problems. In sia vita sco barist vea'l patrià schon bler id el vea ün bun nas par situaziuns privlusas. I quists schanis spizzean da problems, i quai vehement.

As trai estars s'haun miss naun davaunt Phil vi da la bar. In ses manster vea Phil schon tegni da chafar cun differentas canaglias i savea co chi sa sto ir intuorn cun quista spezia da gliaud. Ischè par cumainzar nun ha'l dit nüglia. Quel chi stea aintamez tal ha tschüttà aint is ögls i senza dir ün pled, ha'l mossà sülla clocca Whisky chi stea sülla caruna do Phil. Cun vusch da fümadar ha'l dit: "Trai!". "Cler", ha marmuognà Phil id ha rimpli as majöls. Ses novs jasts haun tut ün süerv id haun sa viaut, par tor in ögl al local.

I d'era ün trio inegual, chi dea quia la rain a Phil. Quel grond, chi stea aintamez, parea dad essar al capo. Al d'era ün ter kerli i vea ailch perfid i fas in si'ögliada. Al vea üna natta mal guarida chi tend-schea da la müfla fin jò pro'l betsch. "Inchün tal varà chattà ischè simpatic sco jau", s'impissea Phil. Al segond d'era pitschan, vea üna daintadüra id üna goba. Quist vea par consequenza cha'l stea storschar inò al calöz par tavellar cun ses chef. I parea cha'l cro-bless davaunt el i si'ögliada da chaun bastunà rinforzea amo quist'impreschiun. L'ultim tschütte'ora sco scha'l füss quia al fas lö. Schi s'abstrahea la puolvra dal viadi schi d'era'l, viss las circumstaunzas, ün'apparentscha cultivada. Sco ün juan or da la cità chi'd es rivi be par cas in quists cuntuorns dischagreabals. "Taicla Dschon", ha'l dit cul grond…

Dschon

d'era dudasch cur cha ses bap es mort a la fin. La düra laùr sül plazzal naval da la Noa Orleans id al clima malsaun dal delta dal Mississippi tal vean desdrüt. Al tun da grazia a ses gnirom vea ilura dat al Whisky ars nair, cha'l sa svödea do al cularin jò par schmütschar al reclomöz da sia donna. A sia Sally ha'l laschà inò tschinch kindals negligids id üna baracca mez in ruina a l'ur d'üna palü infestada d'alligaturs. Scha Dschon füss ossa stat ün bun figl par sia mamma, schi vessa'l, sco prüm naschü, surtut la responsabiltà in famiglia i füss it a laurar. Mo Dschon nu d'era ün bun figl! El stea plü jent intuorn illas ustarias i'l port, ingiua cha'l svödea las busachas as stuorns i fea malsajür las vias dal quartier cun ses cumpogns. Schon cur cha ses bap vivea amo, nu d'era'l bler a chà. Ossa nu tuornea'l insomma plü. A scola jean, do sia idea, be as caccalaris. Pro las malas donnas, la marmaglia dal port id aint il quartier frances sa chattea'l bler plü da chà. Quia girea adüna ailch. Mincha di d'era ün'aventüra. El fea cumischiuns par las pitaunas, jüdea ora aint illas bars o fea la guardia cur cha ques plü vegls rumpean aint in üna chà. El dormea aint illas cuorts i s'insömiea, dad essar er el üna jada al capo dad üna banda. Ilura vessa'l er el sa cumprà ischè ün bel chapè sco cha's ruffiauns portean. El füss ilura er sezzà tottadi cun ses cumpogns vi da sia maisa in üna bar i tots tal vessan stü dar jò üna part dal butin.

Cun quindasch vea'l laurà jò schon üna buna part dal registar penal da la cità da la Noa Orleans. El i ses amis nu sa limitean schon dalönch plü sün pitschans malfats. Lur repertori consistea ossa or da rapinas, irrupziuns id extorsiuns. La metà da lur entradas steni dar jò ad Eightfingers. El d'era al schef in quist quartier i vea la cumonda. Ses nom vea'l clappà parvida cha, in üna baruffa par as rets vi d'üna pitauna, vea ses adversari tal mors jò duoi dets dal maun sinistar. Ses rival es al di do gni pes-chà or dal port, o almain quai chi d'era restà dad el. Al nu vea propi plü ün bel aspet, i quai vea fundà la fama da Eightfingers. Ossa tots tal respettean i stean cedar lur part.

Dschon, in ün mumaint da aignia survalutaziun juvenila, vea fat ora al quint, cha la metà sita precis la metà massa bler. Ischè ha'l da quel mumaint davent, dat jò be plü ün quart dal butin. Disfurtünaivalmaing vea'l imblüdà da communichar quista müdaziun da la pratia d'affars er a ses collegs bandits. I nun es it lönch cha ses buns amis, cus quals ch'el vea trat tras baincaunt malfats, tal haun preschaintà, bain paquettà aint, mo schon ün pa rampunà, a lur capo Eightfingers par scopo da explicaziuns in merit. Eightfingers però, nu d'era amo mai stat bun in retorica. Ischè ha'l laschà tavellar ses curtè in sia plazza i tal ha trat in diagonala sur la vista da Dschon ora. Cun la raccumondaziun, da nüglia sa laschar vezzar mai plü in vizinaunza da la bella Noa Orleans, ha'l relaschà ses ex-collavuratur illa premurusa chüra das ses ex-amis. I ques tal haun büttà or da la cità.

Schi s'impisess ossa cha quai vess fat or da Dschon ün megldar umaun, schi's pensi fas. "A la fin das quints nu dai be a la Noa Orleans gliaud chi sa po tor ora", ha s'impissà Dschon. Id ha sa fat sü vers la cuntrada la plü lucrativa par gliaud disonesta sco el: al vest sulvadi.

"Chai laini far quia, in quista fora?" ha dit Jimmy. "Quia nu dai

Vezzasch quel…?

nüglia da tor par nu. Nu stessan svanir plü svelt pussibal da qua". Dschon ha distachà be invidas l'ögliada da la bella Zelda id ha stort al chau in direcziun da ses partenaris. Però senza laschar dal tot or das ögls quistas tentaziuns feminilas.

"Adüna be plaunin cus chavais sulvadis, tü mezcot! Er aint il plü miserabal cumün, dai amo ailch chi cunvegna da gnir tut cun sai", ha dit Dschon id ha sa mis ün zurplin tauntar as daints. "Id implü dovraini proviant. Fin Salinas esi amo ün bun toc. O crajasch cha jau vögl far jajün sco las muoingias?"

Zelda tal ha mandà via üna da quellas bellas ögliadas, cumprovadas in ons d'experienza, chi parea da far er quia ses effet. Dschon ha darchau viaut sia attenziun vers as pizs da sia schocca, cur cha'l es, par üna segonda jada gni disturbà in sias cuntaimplaziuns, quista jada dal gob: "Jimmy ha ret. Quia moran da la fom dafatta as arogns. Chai vosch sün quist toc grascha?" Quista remarcha, preschaintada in lingua placativa i pac qualifichada ha strat davent definitivamaing a Dschon da ses flirt ischè impromettaival i tal ha motivà da volgiar tot sia attenziun vers ses cumpogn da mal aspet. "Ossa da letsch, i jau disch quai be üna jada. Nu restain hoz quia!" Dischond quist tal ha'l trat naun pal cullarin, tal ha tschüttà malamiavalmaing aint is ögls id ha dit cun tun imnatschaunt: "O es inchün d'ün'atr'idea?!" "Schon bun, schon bun", plondschea Chuck. "Jau maniea jo be… ". "Quai nu stosch", ha respos Dschon, "jau ta disch schon cur'cha jau dovr tes maniamaint". Dit quai ha Dschon tal laschà ir id ha darchau sa viaut vers al local.

Intaunt vea Zelda pers ses interess vi dad el id ha viaut sia attenziun vers as quattar joadars da chartas. Er Dschon ha ossa tut in ögl quists tips i tas ha cuntaimplà ün do tschel ün pa plü precis.

Intaunt cha'l mordea intuorn sün ses zurplin, s'ha s-chüraintà si'ögliada.

"He, Jimmy", ha'l dit, tal tunond ses chamadun aint par las costas: "Vezzasch quel tip là?" Dschon mossea cul det in direcziun das joadars. "Cha tip?" ha dumondà Jimmy. "Mo quel, quel chi joa a chartas là, quel cul chapè da Stetson sül chau. Quel ma nerva!" Jimmy ha tschüttà via pro la maisa, ha ponderà üna pezza id ha dit: "Mo qual ilura? Tots quattar portan chapès da Stetson!"

Verda

d'era la prada id as chomps. Verds d'eran as gods i dafatta as mürs da crappa chi flaunkean la prada i las vias ischè dalöntsch sco chi's d'era bun da vezzar. Parquai talla momneni l'isla verda: l'Irlanda.

Be la biera, par dir a guliv ora: inbaivabla, d'era naira…i la mailinterra! Daspö quattar ons furiea la pesta da mailinterra. A causa da la fomina chi regnea in consequenza morean as irlandais directamaing in clans inters. Al bun terrain tukea a posessurs inglais chi vivean pachific in Ingalterra i laschean administrar lur posses dad administraturs senza scrupals. Las richas racoltas gnian inviadas sün barchas in Ingalterra, ingiua chi rechavean buns predschs. As paurs irlandais stean tor a fit char id insalà al terrain. La gronda part da las racoltas steni ilura dar jò sco fit as possesurs. Savess viveni surtot da la mailinterra chi cultivean süs chomps main früttaivals, parvida cha quai d'era quai chi creschea là amo al megldar.

Cur cha la pesta da mailinterra es ilura gnida, d'erni privats da lur basa d'existenza. La racolta consistea be plü or d'üna massa brüna i spizzulenta. As paurs chi d'eran schon avaunt porets nu d'eran plü buns da pajar al fit. As posessurs inglais haun ilura nüzzi'ora la situaziun par dar üna jada tras al tarif a quists irlandais da las creppas düras i tas haun s-chatschà senza pietà da lur bains. Sporadicamaing sa svagliea però resistenza...

Tschüttond objectivamaing vea Duncan O'Flaherty fat tot ret. El d'era administratur das posses da Lord Grimes. Sco cumondà, vea'l s-chatschà or da lur chats as fitadins chi nu d'eran buns da pajar al fit. Laprò d'era'l amo stat generus i tas vea laschà tor cun sai lur posses privat. Nüglia dapartot d'er'ni ischè indulgiaints. Par chi nu gnian però sün l'idea da tuornar inò plü tard, ardeni jò as bains fin sün la fundamainta.

Al plü da tot, sa vessi padü tal far l'imbüttamaint dad essar stat ün pa massa generus in l'adövar da ses bastun da larsch. Forsa nu d'eri er nüglia stat ischè üna bun'idea da violar la figlia dal vegl Caghney la stà passada. Mo la pitschna Shannon d'era ischè üna bellina cun ses quattordasch ons i ses bês chavês blonds. I chai vess ses bap schon tal padü far? El vea debits ischè ats pro Lord Grimes, cha'l stea essar cuntaint, da nüglia perdar sia fittaunza schon plü bod. Cur cha Gaghney ha sa preschaintà pro O'Flaherty par dumondar satisfacziun, tal ha'l simplamaing büttà inò or dad üsch sün via cun la raccumondaziun da nüglia far massa bler vent intuorn l'istoria. Caghney vea a la fin da perdar daplü sco la virginità da sia kindla. I par tschella nu ta la d'era jo capità nügli'atar.

A Caghney nun es ischè restà nügli'atar sco da far as puogns in busatscha. Id O'Flaherty vea ün inimi implü, sur da quai ch'el nu sa fea però blers impissamaints...fin ad hoz!

Es vean sa fortifichà aint illa stüa da sia bella chà signurila. Sco administratur vea O'Flaherty üna buna vita cun sia donna i ses figl Jim. Es vivean comfortablamaing i d'eran rivits ad ün tschert bainstar. Ossa sgolean as pedruns tras las bellas fanestras da vaidar, chi vean cuostü ischè char. Al pöval d'era cora, cun fuorchas i fatschs in maun, i pretendea cha O'Flaherty gniss ora, par chi possan far jò quint cun el.

As paurs s-chatschats vean sa miss insembal, staungals da la repressiun, stüffis da supportar, disperats i furius. I nu tas restea er nügli'atar da far, schi nu lean vezzar lur famiglias a morar miserablamaing da la fom.

Jim vea vainch ons i vezzea la situaziun in möd pragmatic. Quists paurs schmaladits tas pitschessan sü vi dal prossam bos-ch, schi tas tschüffessan par mauns. Id i tschüttea propi ora sco schi gnis a quella. El d'era juan id egoist. Sulet rivissa'l forsa amo da mütschar! El vea s'impli las busatschas cun tot las robas da valur ch'el vea tschattà illa prescha id es raivà or d'üna fanestra da la vart do da la chà, laschond ses genituors inò a ses destin. As impiegats da chà id as famagls d'eran filats schon dalönch o vean dafatta sa mis insembal cus paurs davaunt la chà. As tablats ardean schon id i nu jea garanti plü lönch, fin chi assaglissan er la chà. Là nu lea'l propi nüglia essar da la partida id ischè ha'l sa fat or da la puolvra. El es rivì da mütschar senza ch'inchün tal vess vis. Parvida cha las stallas sa rechattean da la vart davaunt da la chà, nu podea'l ir a tor ün chavai. Ischè ha'l stü proar da radschiungiar a pè üna distaunza plü gronda pussibla da quists evenimaints.

Vi da ses genituors ch'al vea laschà inò nun ha'l pers ningün impissamaint. Bler daplü lamentea'l as fastidis cha'l destin imponea ad el savess. Üna bella vita senza fadias sco administratur vessa'l padü avair, cur ch'el vess surtut la plazza da ses bap. Id ossa vea quista plebaglia ruinà tot id el vea stü laschar inò üna buna posiziun i tschüttea vers ün futur intschert.

"In Irlanda nu sarai da far nüglia", s'impisea'l. La fomina regnea id as corps das morts da la fom flaunkean las vias. Tschientmillis d'eran schon morts. Parquai proea minchün chi vea la pussibiltà, da rivar in qualche'möd sün üna da quellas barchas chi mainean sur al mar in America. Da tot as ports d'Irlanda salpean minch'emna barchas da marchanzia o da passagiers, in direcziun vest sur al mar. Hai, al pajais da las pussibiltads illimitadas! Jim d'era stat bun da tor cun sai differentas robas da valur: Clinöz, munaidas dad ar i d'arjent. Sajüramaing cha cun quai podessa'l cumainzar üna noa vita in America. Al prossam port d'era quel da Galway. Là lea'l s'imbarchar sülla prüma barcha a vela ch'el vess chattà. Par abandunar par adüna quist'isla schmaladida.

Ün toc da la via ha'l padü sezzar sün ün char da chavais chi mainea legna i duos nots ha'l dormi or'i'l libar par nüglia inscuntrar massa blera gliaud estra. Ischè è'l rivi a Galway.

L'unic cha la "Queen of the Seas" vea da royal d'era al predsch pal passagi. Pal rest d'er'la üna barcha malchürada par la chatscha da balenas, chi d'era ossa gnida fabrichada intuorn pas emigrants irlandais. Aint il spazi par la marchanzia, ingiua cha plü bod gnia transportà öli da balenas i grass, d'eran ossa las pritschas pas passagiers. Schabain chi d'era gni proà tot par nettjar la barcha ischè bain sco pussibal, spizzei amo adüna schnuaivalmaing. Mo sporta i dumonda nu stean in ningüna relaziun i la gliaud basögnusa füss gnida sülla barcha er scha üna balena morta füss amo statta aint il let.

Er Jim nu stüdjea atar. Impustüt parvida cha quista barcha d'era pal mumaint l'unica chi vea frauncà si'ancra aint il port da Galway. La "Queen of the Seas" stea salpar amo la listessa saira i Jim ha stü dar üna buna part da sias richezzas al chapitauni par clappar üna plazza sülla barcha.

Al passagi sa laschea supportar al megldar sülla punt. As passagiers stean al plü bler pussibal a l'aria libra. Mo listess, scha sülla punt o cajò aint illa barcha, tots vean al mal da mar.

Er Jim nun es gni schagnià da quai. El jüret, üna jada rivi in America, da mai plü tramplar la surfatscha d'üna barcha. Quistas trais emnas sülla barcha d'eran al temp al plü dischagreabal cha

Jim vea fin ossa stü laschar ir sur sai. A la fin das quints d'era'l adüsà ad ün tschert standard da vita: cuertas albas sün maisa, impiegats id ischè inavaunt. Sülla barcha gnia servi Stew duos jadas al di. Al rezept da quist fratemf d'era ün secret da la combüsa. Nüglia cha quai vess interessà ad inchün. As blers das passagiers nu vean schon dalönch plü jaldü pasts ischè opulents id es vessan dafatta jaldü cuschina inglaisa senza dir ün pled.

Cur cha la statua da la libetà es finalmaing gnida in vista, regnea üna gronda confusiun sülla barcha. Tots chi paquettean insembal lur roba i sa ramassean sülla punt. Minchün lea abandunar plü svelt sco pussibal la barcha, par saintar finalmaing terra americana sot as pês. Er Jim es it pro sia pritscha. El vea zoppà sias robas aint in üna sfessa sot ses let. Mincha di vea'l controllà id adüna d'era stat tot in ordan. Ossa però ta'l esi it frai jò par la rain. Ses raps d'eran svanits!
El es saltà sü par ir a chertschar al chapitauni. Intaunt cha tots d'eran amo sülla barcha, füssi stat pussibal da chattar al ladar. Aint il battibuogl sülla barcha stea'l raivar sur chaistas i valischs par rivar fin pro'l chapitauni, chi stea aint illa metà dalla barcha i survagliea al manövar da l'ir a la riva. Or sai i gesticulond cus bratschs declerea'l al chapitauni cha ses raps sun gnits ingolats i ch'el sto sfuolgliar dalunga tot as passagiers par chattar al ladar. Al chapitauni però vea da far abot cun sia barcha i nu vea ne al temp, ne la vöglia par sa dar jò cun da quistas lapalias. Chai vessa'l er podü far? In ün pêr minuts sgaloppessan tot as passagiers a terra par sa sparpagliar in tot las direcziuns.
Schon jea jò la passarella id as emigrants irlandais abandunean la barcha. Er Jim es gni trat cun sai da la massa id ha sa rechattà bainbod sülla punt da sbarchimaint ingiua cha's passagiers da la "Queen of the Seas" sa maischdean cus passagiers dad atras barchas chi dis-chargean al listess mumaint. Sia spraunza da chattar

ses raps svanian. Co vessa'l mâ padü tschattar al ladar aint in quista confusiun? As passagiers sun ilura gnits schmatschats in colonnas, chi mainean pro las maisas ingiua chi spettean las autoritats d'immigraziun. I regnea ün crusch id in traviers da linguas babilonic. Al galais da Jim, inglais, walìs, tagliaun, tudais-ch, scandinav i bler atar gnia clommà via i naun. Nüglia be irlandais lean gnir in quist pajais dal nov mond, par tschattar quà üna megldra vita id ün futur. Par furtüna savea'l inglais i cur ch'el es rivi pro's funcziunaris, ha'l dalunga cumainzà da quintar chai chi d'era capità i chi sita dalunga da clommar la pulizia. Ques da la dogana però nu lean savair nüglia da quai! Al delict d'era capità sün üna barcha irlandaisa, dunque territori irlandais. Quai nu sita da lur cumpetenza i scha el less ossa immigrar o nüglia? Tal dumondeni. A la fin das quints nu sa poi tegnar sü mezz'europa be parvida dad el! Jim nu padea far nüglia. Ossa d'era'l bain ün citadin american, mo er ün american poret!

Nüglia nu d'era it ischè sco ch'el sa vea miss avaunt. Al d'era nar patoc. Ossa d'era er el ischè poret sco's paurs ch'es vean s-chatschà da lur bains. Mo el s'ha impromiss, ch'el vess schon darchau sa tut inò quai chi d'era do ses manjamaint dad el!

New York sa derasea davaunt el, mo citats nu tal vean amo mai plaschü. Massa blera merda, confusiun i spizza. Massa bleras canaglias chi sa faun concurrenza i chi ingolan l'ün da tschel. Na, el lea ir ora sül pajais. Hai, sül pajais viva la gliaud simpla. Gliaud senza instrucziun sa poi ingianar al megldar. Sül pajais dessi dal garanti ailch da gudognar par el…

sa fea Phil via i plü pissers. La direcziun illa quala cha la conversaziun da quists trai jea, nu tal plaschea par nüglia. Par tas

Aint il saloon

far gnir sün atars impissamaints ha'l dit: "Scha vu dovrauat üna stanza par quista not, jau vess amo ailch libar…" Quel chi nomnean Dschon ha sa viaut vers el i tal tschüttea, senza dir ün pled aint i's ögls. El tal fisea be cun quists ögls fraids id inquetaunts i nu dischea nüglia… a Phil gnii plaunet chad in sia chamischa id el ha cumainzà da süjar. Phil stea là sco impaglià. Ün guot süjuors tal culea jò pal culöz, aint i'l cullarin. I fea pizia. Mo el nu d'era capabal da sa muointar. Do üna pezza, chi tal es gnida avaunt sco uras, ha mossà Dschon, amo adüna senza pleds id amo adüna fisond a Phil aint i's ögls, cul det sün ses majöl: al d'era vöd!

"Oh, s-chüsai. Vu lessat amo ailch da baivar…mo cler, vegn dalunga", ha tschitschà Phil cun bucca sütta id ha rimpli al majöl da Whisky cun maun tremblonta.

Dschon ha tut sü al majöl id amo adüna, tschüttond a Phil aint i's ögls, tal hal baivü ora in ün süerv. Ilura ha'l tunà al majöl inò sülla bar id ha sa viaut culla rain vers Phil senza dir ün pled.

"Porca miseria", ha s'impissà Phil. "Pops sco quist ma faun propi glivrà!"

Al gob, chi vea observà la szena, sfringnea par sai aint. Sia daintadüra lotjea cun far quai, cloccond via i naun in sia bucca. "Hai, hai mes char. Adüna tschüttar cha's majöls sun plains, he, he". Cun dir quai ha'l miss via er ses majöl davaunt al barist i Phil ha rimpli, cun ün surriar aschi, jüsta tot as majöls par avair ses pos.

L'ögliada da Dschon ha darchau sa platschada via pro la maisa, ingiua cha's quattar homans joean a chartas. Ses frunt ha sa miss in fadas id i parea sco scha'l stüdjess do sur dad ün problem plü grond. Üna buna pezza è'l restà là ischè, senza sa muointar. Tot in üna jada è'l gni ad üna conclusiun:

"He, Jimmy", ha'l dit, tal tunond darchau ses chamadun aint par las costas: "Vezzasch quel tip là?" Dschon ha mossà cul det in direcziun das joadars. „Cha tip?" ha dumondà Jimmy. "Mo quel, quel chi joa a chartas là, quel culla chamischa quadrigliada. Quel ma nerva!"

Jimmy ha tschüttà via pro la maisa, ha ponderà üna pezza id ha dit: "Mo qual ilura? Tots quattar haun chamischas quadrigliadas!"

al qual cha quist essar trid i tort ha vis la glüm dal mond, sto essar

Al di

stat ün da ques dis, il qual cha Nussegnar ha tschüttà da la vart.

Sco ischnada, vess sia mamma padü sa declerar la paina, chi ha fat da quel di davent or da sia vita l'infiern sün terra.

Cur cha ses bap ha clappà quist fagot sfuormà in ses bratsch, jüsta do la naschentscha, ha'l be tal fixà cun schgrischur i cun ün "Fuck…" marmuognà, tal ha'l dat inavaunt. La donna da part, chi d'era schon ün pa plü veglia i nu daldea plü ischè bain, ha inclet: Chuck. Ischè es Chuck gni a ses nom.

Pro Chuck vean sa reuni as defizits corporals, cun ques dal caractar in ün möd remarchabal. Schon gni trid sül mond, gnia'l dad on in on amo plü trid. Al stea tort, vea üna goba i d'era dad üna profonda naschdà. L'unic bê vi dad el d'eran ses daints chi glüschean albs i gulivs sco perlas in sia bucca. Malgrà sias naschas qualitats, tal vea sia mamma jent i tal pigliea adüna in protecziun davaunt ses bap. Quel d'era ün ferm aderent da la metoda dal chasti corporal i el fea er generusamaing adövar da quella, par mossar a ses figl las basas eticas da la convivenza tauntar as umauns. Senza success!

Al plü jent turmaintea Chuck las cretüras da Diau. El vea cumainzà pitschan: a furmias i scarafags trea'l ora las jommas i tschüttea ilura cun gust sco chi croblean intuorn in sia paina. El tschüffea schuorschs i tallas ardea vivas, sa laurea inavaunt pro's utschès as quals cha'l trea ora tot las pennas i tas laschea darchau ir, fin a rivar pro'l jat da chà, chi ha tegni üna dolurusa mort, uottaintà cullas quattar pattas vi da l'üsch da stalla.

Cur cha Chuck vea desch ons sun morts ses genituors dal tifus! A ses bap nu schmaunkea'l, mo la perdita da sia mamma ha savü sdruogliar dafatta in Chuck ailch simil sco ün sentimaint umaun. El es mütschà aint il god, ingiua ch'el es errà intuorn cridond i sbrüjond senza böt.

Cur cha ses paraints tal haun chattà ün pêr dis plü tard, tschuos-ch i strapatschà, tal hauni dat sco famagl sülla farm dal vegl Adolphus Riddick, i d'eran cuntaints dad essar gnits libar dad el.

Riddick d'era ün fanaticar religius da prüm rang i mainea sia farm cum maun ferm. L'ira da Diau sa derschea sün minchün chi nu fea sia laùr dal di a sia cuntaintezza.

La laùr d'era düra, as pasts insuffiziaints i l'alloschi miserabal. Bainbod d'era Chuck l'objekt da finamira preferi par las masüras d'educaziun religiusa da Adolphus Riddick.

Cun saidasch d'era Chuck gni ün puob malcuntaint, spaventà i rimpli da fêl vers tot. As atars impiegats sülla farm tal evitean id el stea far las laùrs las plü tschuos-chas. In ses rar temp libar stea'l intuorn illas chantunadas i dafatta Adolphus Riddick vea dat sü la spraunza da far or dad el ün bun cristiaun. Par Adoplphus d'era Chuck l'incorporaziun da l'anticrist in parsuna id el vea resignà i dat sü quist'orma sco persa.

Ün di es rivi ün medi viagiatur sülla farm, ingiua ch'el ha ofri ses servezzans. Tauntar as impiegats dei differentas malatias chi stean gnir chüradas. Par guarir las plü bleras mendas, da la gutta sur la

toss chaunina fin via pro la perdita da chavês prescrivea l'onurai-
val doctar sia tinctura speziala. Ün miracul da la medizina moder-
na, sviluppà dad el persunalmaing, nüglia bunmarchà mo
atamaing effectiv, scha tut in grondas dosas i regularmaing.

Al vaira talent dal doctar però, d'era al trar daints id al construir da
las plü bellas daintieras. Par far quistas daintieras dovrea'l daints,
al megldar bês id albs. El offrit a minchün chi füss pront da sa
distatschar dad ün o duoi daints sauns, ün dollar d'arjent par daint.
A la fin das quints, ha minch'umaun ischè blers daints aint in
bucca, cha la mauncaunza dad ün o tschel nu fess garanti nüglia
ora bler.

Adolphus d'era raccar i voldschea mincha cent duos jadas avaunt
da tal dar naun cuntar cor. Pro l'offerta generusa dal medi ha'l
dalunga stüdjà vi das bês daints da Chuck. "Chai dovra quist essar
inütil ischè blers daints?" ha ponderà Adolphus. I scha Chuck dess
naun ün pêr da ques, schi füss quai be üna güsta remuneraziun
par tot las fadias i dischillusiuns cha el, Adolphus Riddick, ha stü
supportar parvida dad el.

Cul doctar es Adolphus gni svelt daparüna. Vairamaing d'era al
prinzipi gni tavellà be da quattar. Mo quists daints d'eran da ischè
buna qualità, cha'l doctar ha augmaintà sia sporta par amo üna
jada 50 cents par daint. Ischè hauni tschüff a Chuck, haun tal lià
sün üna gronda aunta i pro plaina cunscienza, tal ha al medicus
strat ora tot as daints in üna jada.

Al sbrüjizzi d'era straminaival i cura cha la prozedura d'era a fin vea
Chuck pers la cunscienza. Al doctar es do laùr fatta it par sias vias
id Adolphus vea fat ün bun affar. Da vart da ses collegs da laùr nu
vea Chuck er na da sa spettar cumpaschiun, al plü da tot tal
cuescheni quai. Es tal haun laschà inò sulet aint in sia chombra.

Cur cha'l es darchau gni pro sai, pateschea'l dolurs schnuaivlas.
Aint in sia bucca ardea al fö da l'infiern. Las dolurs saintia'l in tot al
corp id el ha clappà fevra. Ses collegs nu tschüttean bler par el. La

cuschinunza tal mettea naun da maingiar id aua, pal rest tal lascheni sulet. Cha Chuck ha survivü es ün miracul, o er britsch. Parvida cha quai chi tal ha dat forza in quistas uras, illas qualas ch'el cumbattea culla mort, d'era odi!

I d'era ün grond, s-chür i pussaunt odi, chi gnia sü, or da las profonditats da si'orma. El tal nudria i tal dea forza.

Vainchitrai dis d'eran passats. I d'era not i Chuck vea ün grond curtè. Hoz nu füssan utschès o jats stats sias victimas: i d'era l'ura da la vendetta!

Zoppadamaing è'l gni or da sia chombra id es it sur la plazza via pro la chà da Riddick. El ha stumplà avert üna fanestra id es raivà aint in stüa. Tot chi dormea. Las chombras da dormar sa rechattean sül prüm plaun. Davaunt l'üsch da la chombra da Riddick ha'l sa fermà par taiclar. El daldea al respirar da gliaud chi dorma. Ilura ha'l strat avert l'üsch, ha dat ün zat sül let da Riddick id ha taglià tras la gula a Riddick id a sia donna. Sco in ün deliri ha'l tunà al curtè darchau i darchau aint i's corps saunguinaunts, fin cha'l ha stü rafüdar sfini. Mo el nu vea amo glivrà sia laùr. Do quai ha'l violà la figlia da Riddick, ha ars jò sia chà, ha straunglà ses chaun i sdratschà sia bibla.

Saintind ün pitschan surlev ha'l tut ün chavai or da la stalla id ha sa fat sülla perseguitaunza da l'onuraival sar doctar.

Chuck ha dovrà bod quattar mais fin ch'el ha chattà al doctar. I nu d'era grev. Bod in mincha cità inscuntrea'l gliaud cun largias frais-chas aint i's daints, chi tal mossean amiavalmaing la via.

El sezzea sün ün grond rom d'ün bos-ch chi tendschea sur la via ora. Ün pêr miglias do l'ultima cità illa quala cha'l medi vea fat sia reverenza, spettea'l sün ses torturadar. In maun vea'l üna bella pedra. Cur cha'l doctar es passà sün sia charrozza sot al bos-ch via, tal hal büttà al crap sül chau. Al doctar es crodà sco ün mailinter jò da ses charr id al chavai es trottà inavaunt sco scha nüglia füss.

Cur cha'l vea glivrà cul doctar vea Chuck üna noa daintiera i quai chid es restà inò dal doctar nu vea plü gronda sumagliaunza cun ün essar umaun.

Finalmaing d'era'l libar. Libar par noas infamias...

Cora sülla main-street

daldea Phil rivar la charrozza da posta da la saira. Cun grond fracasch è'la passada sper al saloon via par fermar pac do davaunt la posta. I sa daldea al sbuffar das chavais id al tavellar das passagiers. Do ün mumaint ha Phil duldi cumedia sün sia veranda i duoi Greenhorns da l'ost sun cuclats riond aint il saloon. Es sun passats speravia a Dschon, Jimmy i Chuck id haun sa miss ün toc plü injò vi da la bar. Es haun clomà do biera. Phil d'era cuntaint par la distracziun id es it via pro es. Er Zelda vezzea aint i's novs jasts cliaints plü lucrativs id ha s'agiuntada a la cumpagnia.

As trai haun examinà as nov arrivats cun ögl taxond id haun sa tschüttà ün a tschel. Dschon ha be dazzà la tschiglia da l'ögl ret id ha trat la bucca in möd be spredsch: sulvaschina chi nu renda... Dschon ha tut la clocca da Whisky id ha rimpli ses majöl. El ha sa viaut, dond la rain a la bar id ha dazzà al majöl par baivar, ha però interrot ses movimaint sün mezza via. Darchau tal sun crodats sü as quattar joadars da chartas!

«Schmaladisia!» ha s'impissà Dschon. "He, Jimmy", ha'l dit, darchau tunond ses chamadun aint par las costas da Jim: "Vezzasch quel tip là?" Dschon ha mossà cul det in direcziun das joadars. "Cha tip?" ha dumondà Jimmy. "Mo quel, quel chi joa a chartas là, quel cullas stiblas da chirom. Quel ma nerva!"

Jimmy ha tschüttà via pro la maisa, ha ponderà üna pezza id ha dit: "Mo qual ilura? Tots quattar portan stiblas da chirom!"

As ögls da Dschon sun gnits strets sco strichs. Nervus mordea'l intuorn sün ses zurplin. El nu dea plü bada a Jim i fixea la maisa ingiua cha's quattar homans joean amo adüna a chartas. Sias musclas s'haun tendü i las avainas da zaung pro'l culöz resortian sco cordas. El ha sa stumplà davent ün pa da la bar. Cun ün movimaint fluid, bod massa svelt par l'ögl, ha'l trat ses colt, i cun trai tuns sechs, ha'l sjettà a trai das joadars da chartas. As trai homans sun crodats jò da las zopglias i sun restats là stechits pal fond via. Al quart joadar da chartas sezzea sco schêt vi da sia zopglia i nu sa fidea da trar al flà, spettond er el sül tun chi vess tal portà la mort.

Dschon però ha miss inò ses colt aint il futtarol cun üna svolta eleganta id ha darchau sa viaut vers la bar. Be plaun ha'l tut sü al majöl Whisky da Jim, cuntaimplond al liquid da calur ar aint illa glüm. In ün süerv ha'l baivü ora al majöl i tal ha darchau miss naun cun ün sfratsch davaunt Jim dischond: "Vezzasch quel joadar da chartas chi sezza là sulet vi da quella maisa? Quel ma va sül nerv!"

Antonio (Antonio)

P. MIKER
87

DSCHON UEIN

Vorwort

In den Zeiten des Wilden Westens, als die in diesem Buch geschilderten Ereignisse ihren Lauf nahmen, war Bildung nur sporadisch anzutreffen. Schwer wurde es dann, wenn der eine partout nicht begreifen wollte, was der andere meinte. Denn andere Qualitäten waren damals fürs Überleben ohnehin weitaus wichtiger: Kraft, Ausdauer, der Instinkt des Jägers, rohe Gewalt und ein gewisser Grad an Rücksichtslosigkeit. Die Bereitschaft, wenn es denn nun wirklich einmal sein musste, auch einen der zahlreich vorhandenen Mitmenschen im Duell umzulegen, waren einer höheren Lebenserwartung im Allgemeinen zuträglich.

Das Gesetz konnte mit der Ausbreitung des weissen Mannes über den neuen Kontinent nicht Schritt halten. Die Pioniere waren meist früher da und machten ihre eigenen Gesetze. Dies hiess dann in aller Regel, dass der Recht hatte, welcher schneller zog. Ein wenig Willkür lässt sich bei so gearteten Umständen also nicht vermeiden...

Das vergessene Nest in der Einöde Kansas' hatte seine besten Tage schon seit längerem hinter sich. Zu Zeiten des Goldrausches

Junction-City

war die Stadt ein wichtiger Knotenpunkt auf dem Weg nach Kalifornien. Zu tausenden strömten die Goldsucher von Osten kommend in den Ort, dem Ruf des Goldes folgend, mit der Hoffnung auf den grossen Fund und einem besseren Leben. Fast genau so viele kamen aus den Goldgräbergebieten wieder zurück. Ohne Nuggets, ohne Geld und auch die Hoffnung war den meisten in den unergiebigen Claims abhanden gekommen. Aber manchmal kam auch einer der wenigen, über den die Göttin Fortuna ihr Füllhorn ausgeschüttet hatte, in die Stadt. Der Goldstaub blieb dann meistens im Saloon und im Decolleté dessen tüchtiger Mitarbeiterinnen Kitty, Zelda oder Hannah hängen.

Dies zog auch allerlei Gesindel an: Glücksritter, Falschspieler, Taschendiebe und Banditen jeder Farbschattierung. Der Sheriff hatte allerhand zu tun um wenigstens den Anschein von Ruhe und Ordnung zu bewahren. Sein Hotel mit den Eisenstäben vor den Fenstern war meistens überbelegt und manchmal hing auch jemand am Galgen vor der Stadt. Alles in allem aber lief es wie geschmiert und die Einwohner von Junction-City lebten gut davon. Mit dem Versiegen der Goldadern versiegte aber auch der Menschenstrom und der Ort verödete immer mehr.

Dass Junction-City noch keine Geisterstadt war, lag nur daran, dass Wells Fargo hier noch eine Pferde-Tauschstation betrieb. Dies brachte wenigstens manchmal noch ein paar Fremde in die Stadt, die dann die Zeit bis zur Weiterfahrt im Saloon totschlugen.

Es war heiss. Der trockene Wind, der ständig aus der Wüste blies, wehte den feinen Sandstaub heran, der in jede Ritze drang und wie eine Schicht auf der verschwitzten Haut kleben blieb. Seit

Wochen war kein Tropfen Wasser gefallen. Ausgemergelte Hunde schlichen wie trockene Gerippe mit hängenden Zungen den Hausschatten entlang. Die Menschen verkrochen sich, auf der vergeblichen Suche nach einem kühlen Plätzchen in die Häuser. Nur die knarrenden, vom Wind bewegten Fensterläden unterbrachen die schwüle Stille.

Billy-Bob, der Sohn des Barbiers, sass auf der Veranda vor dem Geschäft seines Vaters und warf Steine nach einer streunenden Katze. Rud Stone, der Barbier, döste auf seinem Drehstuhl grunzend vor sich hin. Er hätte selber eine Rasur bitter nötig gehabt. Rud aber war einer jener Menschen, die auch frisch rasiert nicht viel besser aussahen, also liess er es sein. Die Hitze brachte die Luft zum Flimmern und der Horizont sah aus, als wäre die Wüste ein Meer aus flüssigem Metall. Billy-Bob blinzelte in die Sonne, die unbarmherzig am dunstigen Himmel hing. Da sah er in der wabernden Ferne etwas auf die Stadt zukommen. Erst nach und nach konnte er die Konturen von drei Reitern ausmachen, die langsam näher kamen. Es dauerte noch eine ganze Weile, bis er die Gestalten besser erkennen konnte. Sie mussten wohl einen langen, harten Ritt hinter sich haben. Pferd und Reiter waren von oben bis unten mit Staub bedeckt und sahen allesamt ziemlich mitgenommen aus. Sie kamen langsam heran und ritten mitten auf der Main-Street, ohne den Jungen zu beachten, am Barbierladen vorbei, Richtung Saloon. Beim Brunnen stiegen sie von ihren Pferden und klopften sich wortlos den Staub von den Kleidern. Billy-Bob konnte die Neuankömmlinge nun näher betrachten: Cowboys, Goldgräber oder Farmer waren es wohl keine. Denn diese trugen keine Colts. Aber diese Männer hatten je zwei davon an breiten Gurten umgehängt. Zudem trugen sie die Revolver tief, sehr tief, und dies liess nichts Gutes erahnen !
Die Sporen blinkten in der Sonne und ohne dass ein weiteres

Wort gefallen wäre, liefen sie zum Eingang des Saloons, der ein bisschen weiter unten auf der rechten Seite der Strasse lag.

Phil, der Wirt und Barman des Golden-Nugget, wie das Etablissement in Anlehnung an bessere Zeiten hiess, war gerade dabei ein paar Gläser abzutrocknen. Im Saloon war um diese Tageszeit wenig los. Ein paar Gäste sassen an den Tischen. Zelda, die bereits etwas antiquierte Animierdame, lehnte gelangweilt am Klavier und zupfte an ihren Strümpfen herum. Larrie, der Stadtsäufer, schlief auf einem Stuhl in einer Ecke, mit einem halb-vollen Glas Whisky in der Hand, das bei jedem rasselnden Atemzug etwas hin und her kippte und den Fusel auf seine Hosen tropfen liess. Am Pokertisch spielten vier Männer Karten.

Phil hörte die Schritte auf seiner Veranda. Die Flügeltüren des Saloons gingen auf, und als er die drei Männer sah, die da mit langsamen, sporenklirrenden Schritten in sein Lokal kamen, wusste er, dass es Probleme geben würde. Er hatte in seinem Leben als Barman schon viel gesehen und konnte Ärger meilen-weit gegen den Wind riechen. Und diese Typen stanken nach Ärger, und zwar gewaltig.
Die drei Fremden stellten sich an die Bar, direkt vor ihn hin. Phil hatte schon einige Halunken vor seinem Tresen gehabt und wuss-te, wie man mit dieser Spezies umging. Also sagte er vorerst ein-mal gar nichts. Der Mittlere schaute ihm in die Augen und zeigte ohne ein Wort auf die Whiskyflasche hinter Phil: „Drei", krächzte er mit Raucherstimme. „Klar", grummelte Phil und schenkte ihnen ein. Seine neuen Gäste nahmen einen Zug und wandten sich um, um den Schankraum in Augenschein zu nehmen.

Es war ein ungleiches Trio, das Phil hier den Rücken zukehrte. Der Mittlere, Grössere schien der Anführer zu sein. Er war kräftig und hatte etwas Lauerndes, Hinterhältiges in seinem Blick. Eine dicke, schlecht verheilte Narbe durchzog sein Gesicht vom Wangenknochen bis zum Kinn. Da hatte irgendjemand diesen Kerl einmal ebenso sympathisch gefunden wie Phil. Der Zweite war klein, hatte ein künstliches Gebiss und einen Buckel. Dies hatte zur Folge, dass er, um mit seinem Anführer zu sprechen, den Kopf in den Nacken legen musste. Es machte den Anschein, als würde er vor ihm kriechen, sein Hundeblick verstärkte diesen Eindruck noch. Letzterer sah aus, als wäre er hier am falschen Platz. Wenn man vom Strassenstaub absah, war er eine den Umständen entsprechend gepflegte Erscheinung. Wie ein Stadtjüngling, der nur aus Versehen in diese unwirtliche Gegend geraten wäre... "Sag mal Dschon", wandte er sich an den Grossen...

Dschon

war zwölf als Vater Uein schliesslich starb. Die harte Arbeit in der Werft von New Orleans und das ungesunde Klima des Mississippideltas hatten ihn zermürbt. Den Rest hatte seiner Leber dann der schwarz gebrannte Whisky gegeben, den er sich hinter die Binde goss um dem ständigen Gejammer seiner Frau zu entgehen. Er hinterliess seiner Sally fünf verwahrloste Bälger und eine baufällige Hütte am Rande eines von Alligatoren verseuchten Sumpfes. Wäre Dschon ein guter Sohn für seine Mutter gewesen, so hätte er als ältester nun die Verantwortung übernommen und wäre arbeiten gegangen. Aber Dschon war kein guter Sohn. Er trieb sich lieber in den Hafenkneipen bei den Piers herum, wo er den Schnapsleichen die Taschen leerte und mit seinen Kumpanen die Strassen unsicher machte. Schon als sein Vater noch lebte, war er nicht viel zuhause. Nun ging er gar nicht mehr hin. In die Schule gingen seiner Ansicht nach nur Weicheier. Bei den Freudenmädchen, dem Pack des Hafenviertels und im French Quarter fühlte er sich bedeutend wohler. Hier war immer etwas los. Jeder Tag war ein Abenteuer. Er erledigte Botengänge für die Strassenmädchen, half auch mal in einer Bar aus oder stand Schmiere, wenn die Älteren irgendwo einbrachen. Er schlief in den Hinterhöfen und träumte davon, selber einmal der Boss einer eigenen Bande zu sein. Dann hätte auch er sich so einen schönen Hut gekauft, wie die Zuhälter einen trugen. Er würde den ganzen Tag mit seinen Banditenfreunden in einer Bar an seinem Tisch sitzen und alle würden ihm seinen Anteil an der Beute abliefern.

Mit fünfzehn hatte er schon einen beträchtlichen Teil des Strafregisters der Stadt New Orleans auf dem Kerbholz. Er und seine Freunde beschränkten sich schon lange nicht mehr auf kleine Diebereien. Ihr Repertoire bestand nun aus Raubüberfällen, Einbrüchen und Erpressung. Die Hälfte ihrer Einnahmen mussten sie an Eightfingers abliefern. Er war der Boss im Quartier und hatte hier das Sagen. Seinen Namen erhielt er, weil ihm in einer wüsten Rauferei um die Rechte an einer Bordsteinschwalbe von seinem Gegner zwei Finger der linken Hand abgebissen wurden. Seinen Widersacher fischten die Hafenarbeiter ein paar Tage später aus dem Wasser. Oder wenigstens, was von ihm übrig geblieben war. Es war wirklich kein schöner Anblick, und dies begründete Eightfinger's Ruf. Man zollte ihm jetzt Respekt im Quartier und alle mussten abliefern.

Dschon war in einem Anflug jugendlicher Selbstüberschätzung zur Einsicht gelangt, dass die Hälfte genau die Hälfte zu viel wäre. Also lieferte er ab sofort nur noch einen Viertel ihrer Beute ab. Allerdings vergass er, auch seinen Kollegen diese Veränderung der Geschäftspraktiken mitzuteilen. Es dauerte nicht lange und seine guten Freunde, mit denen er so manch ein Ding gedreht hatte, brachten ihn gut verpackt, aber schon etwas lädiert zu Eightfingers zwecks Aussprache. Eightfingers jedoch war im Sprechen noch nie besonders gut gewesen. Also liess er sein grosses Bowie Messer an seiner Statt sprechen und zog dieses quer über Dschon's Gesicht. Mit der Empfehlung sich nie mehr auch nur in der Nähe des schönen New Orleans blicken zu lassen, entliess er seinen nun Ex-Mitarbeiter in die fürsorgliche Obhut seiner Ex-Freunde. Und diese warfen ihn aus der Stadt.

Wenn man nun denken würde, Dschon wäre dadurch ein besserer Mensch geworden, so denkt man falsch. „Schliesslich gibt es nicht nur in New Orleans Leute, die man ausnehmen kann", dachte sich Dschon. Und er machte sich auf in die für einen unehrlichen Menschen zu der Zeit lukrativsten Gegend: Den Wilden Westen.

...„was sollen wir in diesem Kaff?", sagte Jimmy. „Hier gibt's für uns

Siehst du den ...?

doch nichts zu holen. Wir sollten sehen, dass wir schleunigst von hier verschwinden". Dschon riss unwillig den Blick von der schönen Zelda los und wandte seinen Kopf etwas in Richtung seines Partners, jedoch ohne die weiblichen Verlockungen ganz aus den Augen zu verlieren.

„Immer sachte mit den jungen Pferden, du Pfeife. Auch in der verkommensten Hüttenansammlung gibt es immer etwas, das sich lohnt", grunzte Dschon und steckte sich ein Streichholz in den Mundwinkel. „Ausserdem brauchen wir Proviant. Bis Salinas ist noch ein weiter Weg, oder glaubst du, ich will bis dorthin fasten wie die Pfaffen?"

Zelda schenkte ihm einen ihrer berühmten, seit Jahren bewährten Augenaufschläge, der auch hier seine Wirkung nicht zu verfehlen schien. Dschon wandte seine Aufmerksamkeit wieder ihren Rüschen zu, wurde aber wiederum, diesmal vom Buckligen, in seinen Betrachtungen gestört: „Jimmy hat Recht. Hier verhungern sogar die Spinnen. Was soll die Scheisse?" Dieser, in farbiger Bildsprache vorgebrachte, aber unqualifizierte Einwand entriss Dschon nun doch seinem sich anbahnenden Flirt und veranlasste ihn, sich nun ganz seinem hässlichen Begleiter zuzuwenden. „Passt auf, ich sag's euch nicht noch einmal. Wir bleiben heute hier!" Dies sagend zog er den Buckligen am Hemd zu sich her, blickte ihm unfreundlich in die Augen und fügte mit drohendem Unterton hinzu: „Oder ist jemand anderer Meinung?!" „Ist ja OK, Mann", winselte Chuck. „Ich meinte ja nur..." „Das musst du nicht!", unterbrach ihn Dschon. „Ich geb dir schon Bescheid, wenn ich deine Meinung brauche". Daraufhin liess Dschon ihn los und wandte sich wieder dem Schankraum zu.

Zelda hatte ihr Interesse an ihm offenbar verloren und wandte ihre Aufmerksamkeit den vier Kartenspielern zu. Dschon folgte ihrem Blick und sah sich die Typen nun, einen nach dem anderen, genauer an. Während er auf seinem Streichholz rumkaute, verfinsterte sich sein Blick.

„He, Jimmy", dabei stiess er Jim, der sich rechts von ihm an den Tresen lehnte, in die Rippen: „Siehst du den Burschen da?" Dschon wies mit dem Finger in Richtung der Spieler. „Welchen Burschen?", fragte Jimmy. „Na, den Kartenspieler, der mit dem Stetson-Hut auf dem Kopf. Der nervt mich!"

Jimmy sah zu dem Tisch hinüber, überlegte eine Weile und antwortete: „Welcher denn? Alle vier tragen Stetson-Hüte!"

Grün

waren die Wiesen, die Felder und Äcker. Grün waren die Wälder, ja sogar die Steine der Mauern, die Grundstücke und Strassen, so weit das Auge reichte, säumten. Deswegen nannte man sie die grüne Insel: Irland.

Nur das, seien wir ehrlich, ungeniessbare Bier war schwarz...und die Kartoffeln! Seit vier Jahren wütete die Kartoffelpest. An der darauf folgenden Hungersnot starben die rothaarigen Iren gleich Clanweise. Das gute Land gehörte den britischen Landlords, die gemütlich in England wohnten und ihre Ländereien in Irland von skrupellosen Verwaltern betreiben liessen. Die reichen Ernten wurden nach England verschifft, wo das Korn beste Preise erzielte. Die irischen Bauern mussten das Land teuer pachten und den grössten Teil ihrer Ernte den Grossgrundbesitzern als Pacht abliefern. Sie selber lebten hauptsächlich von den Kartoffeln, die sie auf den weniger ergiebigen Feldern anbauten, da diese dort noch am ehesten gediehen.

Als dann die Kartoffelpest kam, waren sie ihrer Ernährungsgrundlage beraubt! Die Ernte bestand nur noch aus einer matschigen, braunen Masse. So konnten die ohnehin armen Bauern die Pacht nicht mehr bezahlen. Die britischen Besitzer nutzten die Gelegenheit um es den aufmüpfigen Iren einmal so richtig zu zeigen und die Pächter wurden gnadenlos von ihren Höfen vertrieben. Vereinzelt regte sich aber auch Widerstand...

Eigentlich hatte Duncan O'Flaherty alles richtig gemacht. Er war Verwalter der Besitztümer Lord Grimes' und hatte wie befohlen mit seinen Gehilfen die säumigen Pächter aus ihren Häusern gejagt. Dabei war er noch grosszügig gewesen und erlaubte ihnen sogar ihr Hab und Gut mitzunehmen. Man war nicht überall so nachsichtig. Damit sie aber nicht auf die Idee kamen zurückzukehren, brannte er die Höfe bis auf die Grundmauern nieder.

Man hätte ihm höchstens vorwerfen können mit seinem

Eichenprügel etwas allzu freimütig umgegangen zu sein. Vielleicht war es auch keine so gute Idee gewesen letzten Sommer die kleine Shannon des alten Caghney zu vergewaltigen. Aber sie war mit ihren vierzehn Jahren und dem langen, blonden Haar einfach zu süss anzusehen gewesen. Und was sollte ihr Vater schon gegen ihn unternehmen? Er war bei Lord Grimes so hoch verschuldet, dass er froh sein musste nicht schon damals die Pacht zu verlieren. Als Caghney bei ihm vorstellig wurde um Genugtuung zu verlangen, liess O'Flaherty ihn kurzerhand zurück in den Matsch der Strasse werfen, mit der Empfehlung, in der Sache keinen grossen Wind zu machen. Caghney hatte schliesslich mehr zu verlieren als nur die Jungfräulichkeit der kleinen Göre. Ausserdem war ihr ja nichts weiter passiert.

So blieb dem alten Caghney nichts anderes übrig als die Faust im Sack zu machen. Und O'Flaherty hatte einen Feind mehr, worüber er sich aber nicht allzu viele Gedanken machte…bis heute!

Sie hatten sich im Wohnzimmer ihres schönen Landhauses verschanzt. Als Verwalter hatte er mit seiner Frau und seinem Sohn Jim komfortabel gelebt und es zu einem gewissen Wohlstand gebracht. Nun flogen Steine durch die teuren Glasfenster und der wütende Mob forderte, die Mistgabeln und Prügel schwingend, dass O'Flahety sich zeige, damit sie mit ihm abrechnen könnten.

Die vertriebenen Bauern hatten sich zusammengetan, der Unterdrückung überdrüssig, aus schierer Verzweiflung und Wut. Ihnen blieb nichts anderes übrig, wollten sie mit ihren Familien nicht wie viele andere elendiglich verhungern.

Jim war anfangs zwanzig und sah die Sache pragmatisch. Die dreckigen Bauern würden sie alle drei lynchen, wenn sie sie in die Finger bekämen und alles sah danach aus, dass es so kommen würde. Er war jung und selbstsüchtig. Allein konnte er es schaffen! Er hatte sich die Taschen mit allen Wertsachen, deren er in der ganzen Aufregung habhaft werden konnte, vollgestopft und schlich sich, seine Eltern ihrem Schicksal überlassend, zum Hinterausgang des Hauses. Die Gehilfen seines Vaters und die Hausangestellten hatten schon lange das Weite gesucht und einige hatten sich sogar den Rebellierenden angeschlossen. Das Lagerhaus brannte schon und es würde nicht lange dauern, bis der Pöbel das Herrenhaus stürmen würde. Da wollte er nicht unbedingt dabei sein und machte sich aus dem Staub.

Tatsächlich schaffte er es das Haus unbemerkt zu verlassen. Da sich die Stallungen an der Vorderseite befanden, konnte er sich kein Pferd holen. Also musste er zu Fuss versuchen so schnell wie möglich einen ausreichenden Abstand von den Geschehnissen zu erhalten. An die Eltern, die er zurückliess, verschwendete er keinen Gedanken. Desto mehr haderte er mit den Unannehmlichkeiten, die das Schicksal ihm aufgebürdet hatte. Ein bequemes Leben hätte er als Verwalter führen können, wenn er die Stelle von seinem Vater übernommen hätte. Jetzt machte dieses Pack alles zunichte, er musste eine gute Position zurücklassen und blickte in eine ungewisse Zukunft.

In Irland war wohl nichts zu holen, dachte er sich. Die Hungersnot grassierte und die Leichen der Verhungerten säumten die Strassen. Hunderttausende waren schon gestorben. Deshalb versuchte jeder der konnte, irgendwie auf eines der Schiffe zu kommen, die über das Meer nach Amerika fuhren. Von allen Häfen Irlands stachen fast wöchentlich Frachter, Kutter und Passagierschiffe Richtung Westen in See. Ja, das Land der unbegrenzten Möglichkeiten! Jim hatte einiges an Wertvollem einstecken können, Schmuck, Gold- und Silbermünzen. Sicher könnte er in Amerika ein neues Leben anfangen! Der nächstliegende Hafen war der von Galway. Dort würde er sich auf dem ersten Segler einschiffen und diese verfluchte Insel für immer verlassen.

Einen Teil des Weges konnte er auf einem Pferdekarren mitfahren, er schlief zwei Nächte unter freiem Himmel, vermied soweit möglich die Gesellschaft anderer Menschen und kam dann mehr oder weniger wohlbehalten in Galway an.

Das einzige, was die „Queen of the Seas" Königliches an sich hatte, waren die Preise für die Überfahrt. Ansonsten war es ein heruntergekommener Walfänger, der jetzt als Passagierschiff für die auswanderungswilligen Iren umgebaut worden war. Im Frachtraum, wo früher Walöl, Fett und Lebertran gelagert worden waren, befanden sich nun die Pritschen für die Passagiere. Obwohl alles versucht und das ganze Schiff tüchtig geschrubbt worden war, stank es atemberaubend. Aber Angebot und Nachfrage standen in krassem Unverhältnis und die notleidenden Menschen wären mitgefahren, auch wenn noch ein toter Wal auf ihrer Pritsche gelegen hätte.

Auch Jim dachte nicht anders, vor allem auch weil es momentan das einzige Schiff war, das im Hafen vor Anker lag. Die „Queen of the Seas" würde noch am selben Abend auslaufen und Jim musste dem Kapitän einen beträchtlichen Teil seiner Reichtümer auf die Pranke legen um sich einen Platz auf dem Schiff zu sichern.

Die Überfahrt liess sich auf Deck am besten ertragen. Die meisten Passagiere hielten sich wann immer möglich an der frischen Luft auf. Ob oben an Deck oder unten im Frachtraum, fast alle litten dennoch schreckliche Qualen. Unten wurde einem übel vom Geruch und oben drehte sich den Landratten der Magen um. Es gab wenige, die nicht seekrank geworden wären.

Auch Jim wurde davon nicht verschont. Er schwörte sich, einmal angekommen, nie mehr die Planken eines Schiffes zu betreten. Die drei Wochen an Bord waren so ziemlich das Widerwärtigste, was er je über sich hatte ergehen lassen müssen. Schliesslich war er an einen gewissen Lebensstandard gewohnt. Weisse Tischwäsche, Bedienstete und so weiter. An Bord wurde zwei Mal am Tag Stew ausgegeben. Woraus der Eintopf bestand, war

Kombüsengeheimnis. Nicht dass jemand danach gefragt hätte. Die meisten der Passagiere hatten schon lange nicht mehr so üppig gespeist und hätten sogar englische Küche ohne zu murren genossen.

Als endlich die Freiheitsstatue in Sicht kam, herrschte auf dem Schiff emsige Aufregung. Alle packten ihre Habe zusammen und drängten sich an Deck. Jeder wollte so schnell wie möglich von Bord um endlich amerikanischen Boden unter den Füssen zu spüren.

Jim ging zu seiner Pritsche. Er hatte seine Wertsachen in einer Ritze im Boden unter der Bettstatt versteckt und jeden Tag nachgeschaut. Immer war alles in Ordnung gewesen. Jetzt aber durchfuhr es ihn eiskalt. Sein Geld war verschwunden!

Er sprang auf und suchte den Kapitän. Solange sich noch alle auf dem Schiff befanden, konnte er den Dieb finden. Im Gewühl auf Deck musste sich Jim durch die Menschenmenge zwängen und über Gepäck und Frachtkisten klettern. Der Kapitän stand mittschiffs und überwachte das Anlegemanöver. Ganz ausser sich und wild gestikulierend schrie Jim auf den Kapitän ein, er sei bestohlen worden und man müsse alle Passagiere durchsuchen. Der Kapitän aber war mit dem Schiff vollauf beschäftigt und hatte keine Zeit und vor allem keine Lust sich mit solchen Lappalien abzugeben. Was sollte er auch tun? In ein paar Minuten würden alle an Land strömen und sich in alle Winde zerstreuen.

Schon senkte sich die Brücke und die irischen Auswanderer drängten an Land. Auch Jim wurde von den hinter ihm nachdrängenden Menschen vorwärtsgeschoben und fand sich bald auf dem Pier wieder, wo sich die Passagiere der „Queen of the Seas" mit denen anderer, gleichzeitig entladender Schiffe vermischten. Seine Hoffnung den Dieb zu finden schwand zusehends. Wie sollte er in diesem Durcheinander je sein Geld wiederfinden? Sie wurden alle zusammen in Kolonnen gedrängt, die zu den Tischen der amerikanischen Einwanderungsbehörden führten. Es herrschte ein babylonisches Sprachengewirr. Jim's Gälisch, Englisch, Walisisch, Italienisch, Deutsch, Skandinavisch und vieles Unverständliches mehr wurde hin und her gerufen. Nicht nur Iren suchten in der Neuen Welt eine besserte Zukunft! Zum Glück sprach er Englisch und als er zu den Einwanderungsbeamten kam, fing er gleich an ihnen das Geschehene zu erzählen und verlangte, dass sofort die Polizei zu benachrichtigen sei. Die Zollbeamten wollten davon aber nichts wissen! Das Delikt sei auf einem irischen Schiff begangen worden, also irischem Staatsgebiet, und das gehe sie nichts an. Deswegen seien sie nicht zuständig und ob er nun einreisen wolle oder nicht? Schliesslich könnten sie nicht halb Europa aufhalten nur wegen ihm. Jim konnte nichts tun. Jetzt war er zwar Amerikaner, aber ein mittelloser.

Nichts war so gelaufen, wie er es sich vorgestellt hatte. Er war ausser sich vor Wut. Nun war auch er so arm wie die Bauern, die sie in Irland von ihrem Land vertrieben hatten. Aber er würde sich schon wieder holen, was ihm seiner Meinung nach zustand!

New York lag vor ihm, aber Städte hatte er noch nie gemocht. Zu viel Dreck, Gewühl und Gestank. Zu viele Geschäftemacher und Ganoven, die sich untereinander konkurrenzierten und sich einander das Wasser abgruben. Er würde raus aufs Land, dachte sich Jim. Ja, auf dem Land leben Bauern und Farmer, ungebildete Menschen kann man am leichtesten betrügen. Auf dem Land würde sich schon etwas machen lassen...

machte sich Phil zunehmend Sorgen. Die Richtung, die das

Im Saloon

Gespräch dieser drei Typen nahm, gefiel ihm gar nicht. Um sie auf andere Gedanken zu bringen, fragte er: „Falls ihr ein Zimmer für die Nacht braucht, hätte ich noch eins frei". Der, den sie Dschon nannten, wandte sich ihm zu und schaute ihm ohne etwas zu sagen in die Augen. Er starrte ihn nur mit diesen dunklen, kalten Augen an und sagte nichts...Phil wurde es langsam zu warm und er begann zu schwitzen. Er stand wie erstarrt da. Ein Schweisstropfen rann ihm das Genick hinunter und in den Kragen hinein. Es juckte. Er war jedoch zu keiner Bewegung fähig. Nach einer schier endlosen Zeit, die Phil wie Stunden vorgekommen war, zeigte Dschon, ohne den Blick von Phils Augen abzuwenden, mit dem Zeigefinger auf sein Glas: Es war leer!

„Oh, eh Entschuldigung. Sie möchten noch was zu trinken...aber klar, kommt sofort", brachte Phil stammelnd, mit trockenem Mund hervor und füllte leicht zitternd das Glas mit Whisky.

Dschon nahm das Glas und trank es, Phil noch immer anstarrend, aus, knallte das leere Glas auf den Tresen und drehte sich ohne ein Wort zu sagen um.

„Oh Mann", dachte sich Phil, „der ist vielleicht eine Nummer. Solche Typen machen mich echt fertig!"

Der Bucklige, der die ganze Szene verfolgt hatte, kicherte leise vor sich hin. Sein künstliches Gebiss rutschte dabei klappernd in seinem Mund hin und her. „Ja, ja Bürschchen", sagte er. „Immer schauen, dass die Gläser voll sind, he he". Dabei schob er dem Barman auch sein Glas hin und Phil füllte sauer lächelnd alle Gläser erneut, damit er seine Ruhe habe.

Dschon's Blick wanderte wieder zu dem Tisch, wo die vier Männer Karten spielten. Seine Stirn legte sich in Falten und es schien, als ob er angestrengt überlegen würde. Eine ganze Weile blieb er so, reglos stehen. Auf einmal schien es, als hätte er endlich einen

Entschluss gefasst:

„He, Jimmy", sagte er und stiess dabei Jim erneut den Ellbogen in die Rippen: „Siehst du den Burschen da?" Dschon wies mit dem Finger in Richtung der Spieler. „Welchen Burschen?", fragte Jimmy. „Na, den Kartenspieler, den mit dem karierten Hemd. Der nervt mich!"

Jimmy sah zu dem Tisch hinüber, überlegte eine Weile und antwortete: „Welcher denn? Alle vier tragen karierte Hemden!"

Der Tag,

an dem dieses hässliche, krumme Etwas das Licht der Welt erblickte, musste wohl einer dieser Tage gewesen sein, an dem der liebe Gott zur Seite geschaut hatte. Wie sonst hätte seine Mutter sich die Plage erklären können, die ab dieser Stunde ihr Leben zur Hölle machen würde.

Als sein Vater dieses kleine unförmige Bündel gleich nach der Geburt in die Arme gedrückt bekam, starrte er es nur mit einem entsetzten „Fuck...!" an und reichte es verwirrt weiter. Die schon etwas in die Jahre gekommene Hebamme, die nicht mehr so gut hörte, verstand: Chuck. Und so erhielt das Kind seinen Namen.

Bei Chuck hatten sich körperliche und charakterliche Defizite auf erstaunliche Weise gepaart. Schon unansehnlich auf die Welt gekommen, wurde er von Jahr zu Jahr hässlicher, stand schief, hatte einen Buckel und war von abgrundtiefer Schlechtigkeit. Das einzig Schöne an ihm waren seine Zähne. Dennoch, oder trotz all dieser negativen Eigenschaften, liebte ihn seine Mutter abgöttisch und nahm ihn konsequent vor seinem Vater in Schutz. Dieser war ein überzeugter Anhänger der Prügelstrafe und er wandte diese grosszügig an um seinem Sohn die ethischen Grundlagen des menschlichen Zusammenlebens näher zu bringen. Erfolglos! Chuck liebte es Gottes Geschöpfe zu quälen. Er fing klein an: Ameisen und Käfern riss er die Beine aus und sah genüsslich zu, wie sie sich qualvoll wanden, er fing Mäuse und verbrannte sie bei lebendigem Leibe, arbeitete sich zu Vögeln vor, denen er alle Federn ausriss und die er dann wieder laufen liess, bis zur Hauskatze, die, mit den Pfoten an die Stalltüre genagelt, elendlich verendete.

Als er zehn Jahre alt war, starben seine Eltern an Typhus! Seinen Vater vermisste er nicht, aber der Verlust seiner Mutter mochte sogar in Chuck etwas annähernd Ähnliches wie eine menschliche Empfindung auszulösen. Er flüchtete in den Wald, wo er weinend, voll Wut und Frustration ziellos umherirrte.

Als seine Verwandten ihn nach einigen Tagen schmutzig und verwahrlost wiederfanden, verfrachteten sie Chuck als Stallburschen auf die Farm des alten Adolphus Riddick und waren froh ihn los zu sein.

Riddick war ein religiöser Eiferer erster Güte und führte seine Farm mit eiserner Hand. Gottes Zorn ergoss sich gnadenlos über jeden, der sein Tagewerk nicht zu seiner Zufriedenheit vollbrachte.

Die Arbeit war hart, das Essen schlecht und die Unterkunft erbärmlich. Bald wurde Chuck zu Adolphus Riddick's liebstem Ziel heilbringender Massnahmen.

Mit sechzehn Jahren war Chuck zu einem verbitterten, scheuen und hinterhältigen Jüngling herangewachsen. Die Angestellten der Farm mieden ihn und er musste die dreckigsten Arbeiten verrichten. In der spärlichen Freizeit lungerte er meistens alleine herum und sogar Adolphus Riddick hatte seine Bemühungen aufgegeben, Chuck den Weg hin zu Gottes Herrlichkeit aufzuzeigen. Für Adolphus verkörperte dieses Wesen den Antichristen schlechthin und er hatte resigniert, diese Seele als verloren gegeben abgeschrieben.

Eines Tages kam ein reisender Doktor auf die Farm, wo er seine Dienste anbot. Unter den Angestellten gab es einige Gebrechen zu behandeln. Für die meisten Krankheiten, von der Gicht, über Keuchhusten bis hin zum Haarausfall, pries der ehrenwerte Doktor seine Spezial-Tinktur an. Ein wahres Wunder der modernen Medizin, von ihm entwickelt, nicht billig, aber hochwirksam, wenn in genügender Menge und regelmässig zugeführt.

Das wahre Talent des Doktors aber war das Zähneziehen und das Herstellen von künstlichen Gebissen. Für diese brauchte er Zähne, möglichst schöne und weisse. Er bot jedem Anwesenden der bereit wäre, einen oder zwei gesunde Zähne zu opfern, einen ganzen Silberdollar pro Zahn. Schliesslich habe jeder Mensch so viele Zähne im Mund, dass es auf den einen mehr oder weniger sicher nicht ankomme.

Adolphus war geizig und drehte jeden Cent drei Mal um, bevor er ihn widerstrebend losliess. Bei des Doktors grosszügigem Angebot dachte er sofort an Chucks blendend weisse, gerade Zahnreihen.

„Was braucht dieser Unnütz so viele Zähne?", dachte sich Adolphus. Und wenn Chuck ein paar von diesen opferte, so würde er ihn, Adolphus Riddick, wenigstens ansatzweise für all die Enttäuschungen und Mühen entschädigen, die er Chucks wegen hatte ertragen müssen.

Mit dem Doktor wurde Adolphus schnell handelseinig. Eigentlich war am Anfang nur von vier die Rede gewesen. Diese Zähne aber waren von so guter Qualität, dass der Doktor sein Gebot nochmals um fünfzig Cents pro Zahn erhöhte. Also wurde Chuck gepackt, auf ein grosses Brett gefesselt und der Medicus riss ihm unter markdurchdringendem Geschrei bei vollem Bewusstsein alle Zähne aus dem Mund.

Als die Prozedur beendet war, hatte Chuck das Bewusstsein verloren. Der Doktor ging verrichteter Dinge von dannen und Adolphus hatte ein gutes Geschäft gemacht. Von Seiten seiner Arbeitskollegen hatte Chuck auch kein Mitleid zu erwarten, höchstens Schadenfreude. Sie liessen ihn allein in seiner Kammer zurück.

Als er aus seiner Bewusstlosigkeit erwachte, litt er schreckliche Qualen. In seinem Mund brannte das Feuer der Hölle. Die Schmerzen vereinnahmten den ganzen Körper und er bekam Fieber. Seine Kollegen scherten sich nicht viel um ihn. Die Köchin stellte ihm Essen und Wasser hin und für den Rest liessen sie ihn sich selbst überlassen. Dass Chuck überlebte, war ein Wunder, oder auch nicht. Denn was ihm in diesen Stunden, in denen er mit dem Tod rang, Kraft gab, war Hass!

Es war ein tiefer, dunkler, übermächtiger Hass, der von ganz weit unten aus seinem Inneren kam. Er nährte ihn und gab ihm Kraft.

Dreiundzwanzig Tage waren vergangen. Es war Nacht und Chuck hatte ein grosses Messer. Heute würden keine Vögel oder Katzen seine Opfer sein. Es war der Moment der Rache!

Er schlich aus seiner Kammer über den Vorplatz zu Riddicks Haus. Er schob ein Fenster hoch und stieg in den Wohnraum. Alles schlief. Die Schlafzimmer befanden sich im ersten Stock. Die Treppe knarrte unter seinen vorsichtigen Schritten, aber niemand bemerkte ihn. Vor Riddicks Zimmer hielt er inne und lauschte. Er hörte das gleichmässige Atmen schlafender Menschen, dann riss er die Tür auf, sprang auf Riddicks Bett und schnitt ihm und seiner Frau die Kehlen durch. Wie im Rausch hackte er wieder und wieder auf die blutenden Körper ein, bis er erschöpft innehielt. Aber er war noch nicht fertig. Danach vergewaltigte er Riddicks Tochter, brannte dessen Haus nieder, erwürgte den Hund und zerriss seine Bibel.

Sanfte Erleichterung verspürend nahm er ein Pferd aus dem Stall und machte sich auf die Verfolgung des ehrenwerten Doktors.

Chuck folgte der Spur des Doktors fast vier Monate lang, bis er ihn fand. Es war nicht schwer. In fast jeder Stadt fand er Leute mit frischen Zahnlücken, die ihm freundlich die Richtung wiesen.

Er sass auf einem grossen Ast, der über den Weg ragte. Ein paar Meilen hinter der letzten Stadt, die der Arzt beehrt hatte, erwartete Chuck seinen Peiniger. Er hatte einen faustgrossen Stein mit auf den Ast genommen. Als der Doktor mit seiner Kutsche herankam, wartete Chuck, bis er sich genau unter ihm befand und warf ihm den Stein an den Kopf. Der Doktor fiel vom Wagen und sein Pferd trottete weiter, als ob nichts geschehen wäre.

Als Chuck mit dem Doktor fertig war, hatte er ein neues Gebiss und was vom Doktor übrig blieb, war als menschliches Wesen nicht mehr zu erkennen.

Endlich fühlte er sich frei. Frei für weitere Schandtaten...

Draussen auf der Main-Street

hörte Phil die Abend-Postkusche ankommen. Mit Getöse fuhr sie am Saloon vorbei und hielt kurz danach vor der Post an. Man hörte die Pferde prusten und die Stimmen der aussteigenden Fahrgäste. Kurz danach klapperten Schritte auf den Bohlen der Veranda und zwei Greenhorns aus dem Osten purzelten lachend in den Saloon. Sie liefen an Dschon, Jimmy und Chuck vorbei, stellten sich ans Ende der Bar hin und riefen nach Bier. Phil war froh für die Ablenkung und ging zu ihnen hin. Auch Zelda sah in den neuen Gästen lohnendere Kunden und gesellte sich zu ihnen. Die drei taxierten die Neuankömmlinge und sahen einander an. Dschon hob nur leicht die rechte Augenbraue und verzog veräcclhtlich den Mund: kein lohnendes Wild...

Dschon nahm die Whiskyflasche und goss sich einen ein. Er drehte sich wieder mit dem Rücken zum Tresen und hob das Glas, hielt aber mitten in der Bewegung inne. Wieder waren die Kartenspieler in sein Blickfeld geraten!

„Verdammt!", dachte sich Dschon. „He, Jimmy", sagte er, Jim wieder anstossend: „Siehst du den Burschen da?" Dschon wies mit dem Finger in Richtung der Spieler. „Welchen Burschen?", fragte Jimmy. „Na, den Kartenspieler, der mit den ledernen Stiefeln. Der nervt mich!"

Jimmy sah zu dem Tisch hinüber, überlegte eine Weile und antwortete: „Welcher denn? Alle vier tragen lederne Stiefel!"

Dschons Augen verengten sich zu kleinen Schlitzen. Nervös kaute er an seinem Streichholz herum. Er achtete nicht mehr auf Jim und starrte zu dem Tisch, an dem die vier Kartenspieler sassen. Seine Muskeln spannten sich und die Blutadern am Hals traten deutlich hervor. Er stiess sich leicht vom Tresen ab. In einer fliessenden, fürs Auge kaum wahrnehmbaren Bewegung, zog er seinen Colt und mit drei trockenen Schüssen erschoss er drei der Kartenspieler. Sie fielen von den Stühlen und blieben auf dem Boden reglos liegen. Der verbliebene Kartenspieler sass wie versteinert auf seinem Stuhl und erwartete den vierten Todesschuss.

Dschon aber wirbelte seinen Colt in einer eleganten Bewegung zurück ins Holster und drehte sich zum Tresen. Er hob langsam Jims Glas und betrachtete die bernsteinfarbene Flüssigkeit. Er trank es in einem Schluck aus, stellte es wieder vor Jim hin und sagte: „Siehst du den Kartenspieler, der dort alleine am Tisch sitzt? Der nervt mich!"

AS SET CORVS

I d'era üna jada...

...üna famiglia chi stea aint in üna chaïna a l'ur d'ün pitschan cumün. Es d'eran porets, al bap d'era mort dad üna greva malatia id es d'eran in nov: mamma, üna sorina i set frars. I precis ques set d'eran al problem. Quai d'eran set da ques malzipplats cun nüglia atar co totlarias i stincals aint il chau. I nu dea ün di, chi nu füss capità ün malfat. Schi nu fean battaglia tauntar dad es schi gnia landervia Alina, la sorina o al jat chi vea nom Lori.

A quel lieni ilura ün pêr s-chaclas da conserva vödas vi da la cua id tal chatschean tras stüa. Ögls blaus, bottas i sbrajizzi d'eran la regla, i chai chi nu d'era amo rot in chà, nu vea lunga dürada.

La mamma vea proà cun las bunas i cun las naschas, ma nüglia nu jüdea. Ella d'era disperada i nu savea plü chai far. Unic Alina d'era ses cuffort. Ella jüdea a sia mamma, i minchataunt sezzeni insembal vi da la maisa da cuschina i sa cuffortean üna a tschella.

Ün di vean as puobs decis cha la stüa sita ün'arena id es sa chatschean intuorn cun bastuns i scuas, sur i sot maisa, tunond i sbrajond sco nars. I parea la fin dal mond. Daspür canera i sfrantunar nu daldeni gnanca lur mamma chi proea da tas far rafüdar.

La mamma stea sün üsch id i tilla gnia bod da cridar parvida ch'ella nu rizzea ora nüglia. Ella nu savea plü da sa jüdar, id in sia disperaziun ha'la clomà: "Scha vu füssat be set corvs nairs, i sgolessat or da fanestra par nu tuornar mai plü!"

In quel mumaint hai dat üna scuassada chi parea cha la chà crodess insembal id aint in ün füm chi ardea aint is ögls, s'haun as set kindals transfuormà in set corvuns nairs. Cun ün cratschlöz i battar alas suni svanits or da fanestra.

"Chai n'hai fat?" ha dit la mamma. Ella d'era là, cus mauns davaunt sia vista i nu d'era buna da crajar quai chi d'era capità. Ischè nu ve'la tauntüna nüglia manià quai. Er Alina vea vis quista striunaria id ella s'ha zoppada do la schocca da sia mamma i tremblea da la temma.

La mamma es sgaloppada via pro la fanestra i lea clomar inò als puobs, ma as corvs d'eran be plü set puncts chi s'allontanean sün tschêl. Bainbod d'erni svanits a l'orizont. Mamma id Alina sa tegnean i cridean. Lönch suni amo restadas là, i bainbod esi gni saira. La chà es gnida ün lö trist i quet. Ningün sgaloppar, ningüns sbrüjs i clomar. Ningün chi cridea i ningüns jös da sa tschüffar. Er scha's mulets fean dafatta or d'üna dumengia ün di da revoluziun, schi maunkean es ossa ad Alina id a sia mamma. Dafatta al jat nu savea plü chai cumainzar i vea parfin rafüdà da schuorschar. El girea intuorn chà in nu savea ret chai cumainzar. Ischè sun passats blers dis, i la chà chi d'era plü bod ün lö be vita, d'era ossa sco abandunada.

Das set puobs nun hauni da quel di davent plü duldi nüglia. La mamma tschüttea uras a la lunga or da fanestra, illa spraunza cha ses figls tuornessan, mo invan. Ün di pero ha dit Alina: "Jau vögl darchau inò mes frars. I parquai tas vegni ossa a chertschar!"

Dit quai ha'la sa pront ailch marenda, ha trat aint ses salzers da muntogna id es passada illa direcziun illa quala cha ses frars d'eran sgolats davent.

Ella es chaminada düraunt set dis, ha traversà set flüms, es rampignada sur set collinas, ha stü surpassar set chavorgias id es ida speravia a set cumüns. Mo a la settavla ura dal settaval di è'la rivada al pè d'üna gronda muntogna. La crippla jea be a guliv sü. Süsom quist crippal ha Alina ilura vis üna chaïna straunia. La d'era fatta tot or da cuclinas da patotscha, id al tet d'era fat or da strom i rommina.

"Cha cariusa chaïna". Ha dit Alina. "Füss quai pussibal cha mes frarins haun fat quella?" Mo co rivar sü? Al crippal d'era stip i privlus. Intaunt ch'ella d'era là i stüdjea amo co far, ha'la vis cha be sper ella d'era gida naun ün'oca. La stea be là i tschüttea ad Alina cun ses öglins radonds id nu fea bau.

"Chi esch tü, i parchai ma tschüttasch ischè? O sasch tü forsa co cha jau riviss sü da quist crippal?" Ha dit Alina, plü cun sai savess sco par ater. Mo par sia surpraisa ha l'oca respuss: "Chi sa mâ parchai ch'üna puobina ischè bella i fina sco tü, vess da raivar sü par la crippla? Vosch ir a ta coppar?" "Mo jau stun ir sü pro quella chaïna. Sasch, jau chertsch mes set frars. Es s'haun transfuormats in corvs i sun sgolats davent." "So, so. Scha quai es ischè schi ta vögli jüdar". Ha dit l'occa. "Quia, piglia mias pattas. Jau lea jüsta ma cumprar noas. Quellas tachan bain vi dal stip, i cullas griflas posch ta tegnar bain vi da la crippla". Schvups hai fat, i l'oca ha trat ora sias bellas pattas jelguas i tillas ha trat aint ad Alina. Alina ha proà da far ün pêr pass, quai jea propi bain.

"Grazia fich oca. Tü esch propi gentila". I dit quai ha Alina cumainzà da raivar sü pal munt. I d'era grev i stantus. Cullas pattas da l'oca jei schon bain, mo schon sün mezza via vea Alina las unglas rottas id as dets be zaung. Id d'era schon mezdi, cur ch'ella es rivida sü pro la chaïna. Staungla morta ha'la cloccà vi da l'üsch. Mo ningün nun ha dat posta. Tot d'era quet. Ella ha proà da trar vi da la maniglia, id ha vis cha l'üsch nu d'era serrà. "Mo bain, jau vegn simplamaing aint. Dar ün cuc nu po far mal, i tot in üna jada gnirà schon inchün", ha s'impissà Alina id es entrada.

Cha surpraisa: aint in cuschina d'era üna gronda maisa cun set zopglias. Sün maisa d'eran set plaunas cun aint pulenta. Vezzond quai ha Alina pür s'incort cha fom naira ch'ella vea. Ella ha insajà ün pa pulenta da la prüma plaunina. Mo quella tilla parea massa insalada. Ilura ha'la proà la pulenta da la seconda plauna, mo quella tilla d'era massa fraida. La terza d'era massa chada i la quarta vea massa paca sal. Aint illa tschinchavla d'era crodada aint üna muos-cha i la sesavla pulenta d'era massa jelgua. Mo la settavla d'era jüsta ret, id Alina nun ha plü savü sa tegnar inò id ha maingià ora tot, fin chi nun es restà plü nüglia. Do avair maingià ha'la proseguì sia inspecziun da la chàina. Da la cuschina mainea ün üsch aint in üna stanza. Là ha Alina vis set lettins. Pür ossa ha'la badà co staungla cha la d'era do quist'aventüra.

Ella ha proà ora al prüm lettin, mo quel d'era massa dür, ella ha proà al segond lettin i quel d'era massa muldschin, al terz lettin d'era massa pitschan, al quart vea la cuerta massa cuorta, ilura ha'la proà al tschinchaval lettin, mo sün quel splendurea al sulai tras la fanestra, id al sesaval nu vea ningün plümatsch. Mo al settaval d'era jüsta ret. Alina ha sa miss jò, id avaunt cha ses chau ha tuc al plümatsch, d'er'la schon inrumainzada.

I jea vers saira cur cha'ls abitaunts da la chàina sun tuornats a chà. "Craa, inchün ha maingià or da mia plaunina, cra", ha dit al corv Paulin. "Er or da mia plaunina ha inchün tut ün sdun, cra cra", ha dit al corv Riet. " Pro mai maunca er ailch". "I pro mia plauna es gni dovrà al sdun, cra", haun dit as corvs Toni i Gian. "Sün mia pulenta es cra üna muos-cha", ha dit al corv Batin, id al corv Jon ha dit: "Cra, cra, i mia zopglia sta tort, cra", i Carl finalmaing ha clomà: "I da mia plauna ha inchün, cra, maingià ora tot, cra cra".

I cur chi lean ir in let, suni its in chombra i Toni ha dit: "Chi es stat aint in, cra, mes let?", er aint il let dal corv Riet, Gian, Paulin, Carl i Batin d'era stat inchün. I rivits pro'l settaval lettin hauni ilura vis chi chi vea maingià la pulenta i chi chi vea proà ora tot as lettins. "Hei, cra cra, tschüttai tots, quia cra, dorma üna puobina aint in mes let", ha dit al corv Jon. "Mo quai es jo nossa sorina Alina, cra", ha clommà al corv Riet.

Tots set corvs stean intuorn al lettin i tschüttean jò sün lur sorina, cur cha Alina ha rivì as ögls. "Oh, finalmaing n'hai sa chattà: Jon, Riet, Carl, Batin, Paulin, Toni i Gian. Co cha vu ma maunkeat! Jau sun ischè cuntainta", ha dit Alina, sa struschond as ögls.

"Er nu eschan cuntaints da ta vezzar darchau, cra, Alina. Nu s'inrüclain ischè par quai cha nu hain fat, cra. Nu hain fat ischè blers displaschairs a nossa mamma, cra, cra. Scha nu podessan be darchau far bun quai, cra", ha dit al corv Batin. Alina ha dit: "Mamma i jau sa vain schon dalönch pardunà, id nu lessan cha vu gniat darchau a chà".

"Vè cun mai", ha dit al corv Toni, i tilla ha mossà üna atra chombra. Là d'era ün grond s-chaffun plain perlas, chadainas dad ar, ureglins i munaidas. "Mo d'ingiua hauat be naun tot quistas richezzas?" ha dumondà Alina. Id al corv Toni ha dit: "Sasch bain, cra, co cha's corvs sun. Schi vezzan glüschar ailch…cra, schi piglni quai cun sai".

As set frars haun ilura tut ad Alina i la trua i sun sgolats cun ella vers chà. La mamma d'era davaunt chà cur ch'ella ha vis a tuornar ses puobs. Es sun sgolats naun pro ella, tilla haun brauncià cun lur alas id haun dit: "Mamma, sa parduna. Dad ossa davent laini adüna far as bravs. Tü nu varast mai plü displaschairs parvida da nu, cra cra".

La mamma ha dit: "Hai mes puobs, jau n'ha schon dalönch sa pardunà". Id ella d'era ischè furtünada cha ses puobs d'eran darchau pro ella, ch'ella cridea dal plaschair.

I mincha jada, ch'üna da sias larmas es crodada jò sün ün das corvs, schi s'ha quel darchau transfuormà inò in ün puob.

Da quel di davent, d'eran as set puobs ischè bravs, chi nu sa tas duldia circa plü, cur chi joean. Er Lori, al jat vea finalmaing ses pos i dormea sün bauncpigna.

Cus raps chi d'eran aint il s-chaffun, ha da la davent tot la famiglia tegni üna bella vita i plü ningüns pissers.

DIE SIEBEN RABEN

Es war einmal...

...eine Familie, die in einem Häuschen am Rande eines kleinen Dorfes lebte. Sie waren arm. Der Vater war an einer schweren Krankheit gestorben und sie waren neun: die Mutter, ein Schwesterchen und sieben Brüder. Und genau die waren das Problem. Sieben ungehobelte Vandalen mit nichts anderem im Kopf als Dummheiten und derbe Streiche. Kein Tag verging, ohne dass irgendeine Übeltat begangen worden wäre. Wenn sie sich nicht untereinander stritten, so plagten sie ihre Schwester Alina oder Lori, die Hauskatze.

Der banden sie dann ein paar leere Konservendosen an den Schwanz und jagten sie unter Getöse durch die gute Stube. Blaue Flecken, Schlägereien und Gebrüll waren an der Tagesordnung und was noch nicht zerstört war, hatte kein langes Leben. Die Mutter hatte es mit Zureden, mit Schimpfen und mit Strafen probiert, aber nichts hatte geholfen. Sie war verzweifelt und wusste sich nicht mehr zu helfen. Einzig Alina war ihr ein Trost. Sie half ihrer geplagten Mutter wo sie nur konnte und manchmal sassen sie am Abend zusammen und trösteten einander.

Eines Tages entschieden die Brüder, die Stube sei eine römische Arena. Sie jagten sich, mit Stöcken und Blechdeckeln bewaffnet um den grossen Stubentisch. Es war ein Riesenkrach und es schien, als ob der Weltuntergang kurz bevorstünde. Sie waren so laut, dass sie das Rufen ihrer Mutter gar nicht hörten, die versuchte sie zum Aufhören zu bringen.

Die Mutter stand in der Türe und es kamen ihr fast die Tränen. Sie fühlte sich so ohnmächtig, rang mit den Händen und in ihrer Verzweiflung rief sie: „Wenn ihr nur sieben Raben wärt und aus dem Fenster flöget, um nie wieder zurückzukommen!"

Im selben Moment gab's einen lauten Knall, der das ganze Haus erzittern liess. In einem beissenden Rauch verwandelten sich die Brüder in sieben schwarze Raben, die in einem riesigen

Durcheinander krähend aus dem Fenster stoben und davonflogen.

„Was habe ich getan?", rief die Mutter. Sie stand da, schlug sich die Hände vor das Gesicht und konnte nicht glauben, was sie eben gesehen hatte. So hatte sie es doch nicht gemeint. Auch Alina hatte alles mit angesehen und versteckte sich zitternd vor Angst hinter dem Rock ihrer Mutter.

Die Mutter rannte zum Fenster um ihre Söhne zurückzurufen. Die Raben waren aber schon weit weg geflogen, man sah nur noch sieben schwarze Punkte am Himmel, die bald am Horizont entschwanden. Alina und ihre Mutter hielten einander in den Armen und weinten bitterlich. Noch lange standen sie dort an der Fensterbank und bald wurde es Abend.

Das Haus wurde ein stiller und trauriger Ort. Kein Rumgerenne mehr, kein Schreien und Rufen. Niemand, der weinte und niemand, der den anderen nachrannte. Auch wenn die Lausbuben sogar aus einem Sonntag so etwas wie Krieg machten, so fehlten sie nun ihrer Mutter und dem Schwesterchen. Auch die Katze wusste nichts mehr mit sich anzufangen, sie schlich verstört durch das leere Haus und hatte sogar das Mausen aufgegeben. So vergingen viele Tage und das Haus, das früher so voller Leben war, machte jetzt den Eindruck, als ob es verlassen wäre.

Von den sieben Buben hörten sie von da an nichts mehr. Die Mutter schaute jeden Tag stundenlang aus dem Fenster, in der Hoffnung, dass ihre doch geliebten Kinder zurückkämen, aber vergebens. Eines Tages aber sagte Alina: „Ich will meine Brüder zurück. Und darum gehe ich sie jetzt suchen!"

Gesagt, getan, packte sie sich etwas Proviant ein, nahm ihre guten Schuhe und machte sich in der Richtung auf, in der ihre Brüder davongeflogen waren.

Sie wanderte sieben Tage lang, durchwatete sieben Flüsse, erstieg sieben Hügel, überquerte sieben Schluchten und durchquerte sieben Dörfer. Aber zur siebten Stunde des siebten Tages kam sie am Fusse eines steilen Berges an. Die Felsen stiegen fast senkrecht auf und ganz oben konnte Alina ein merkwürdiges Häuschen ausmachen. Die Mauern waren vollständig aus Schlammkügelchen gefertigt und das Dach bestand aus Stroh und kleinen Zweigen.

„Was für ein komisches Häuschen", sagte Alina. „Wäre es möglich, dass meine Brüder dieses Häuschen erbaut hätten?" Aber wie sollte sie da hinaufgelangen? Der Fels war steil und gefährlich. Während sie noch dastand und überlegte, wie sie das bewerkstelligen könnte, sah sie, dass eine Gans zu ihr hingekommen war und sie mit grossen, runden Augen anschaute, ohne sich vom Fleck zu rühren.

„Wer bist du, und warum starrst du mich so an? Oder weißt du vielleicht, wie ich da hinaufkommen sollte?", sagte Alina, mehr zu sich selbst als zu sonst wem. Zu ihrer Überraschung aber antwortete die Gans: „Sag mir bloss warum ein so zartes und feines Mädchen wie du auf solch steile Felsen klettern sollte? Willst du dich umbringen?"

„Nein, aber ich muss da rauf. Weisst du, ich suche meine sieben Brüder. Sie haben sich in sieben Raben verwandelt und sind davongeflogen". „So, so. Wenn das so ist, dann will ich dir helfen", sprach die Gans. „Hier, nimm meine Flossen. Ich wollte mir sowieso neue besorgen. Die rutschen nicht auf dem Fels, und mit den Krallen kannst du dich gut festhalten". Schwupps hat's gemacht und die Gans hat ihre schönen gelben Flossen ausgezogen und sie Alina gereicht. Alina stülpte sie sich gleich über und probierte ein paar Schritte. Es ging ganz gut.

„Vielen Dank, liebe Gans. Du bist sehr freundlich", sagte Alina und machte sich auf, den Felsen zu erklimmen. Trotz den Flossen mit den spitzen Krallen war das Klettern schwer und mühsam. Schon auf halbem Wege hatte Alina gebrochene Fingernägel und blutige Finger. Es war schon Mittag, als sie endlich das Häuschen erreichte. Todmüde klopfte sie an die Türe, aber niemand antwortete. Alles war still. Sie probierte die Türfalle runterzudrücken und sah, dass der Eingang unverschlossen war. „Na ja, es kann nicht schaden, wenn ich ein bisschen reinschaue. Irgendwann wird schon jemand kommen", dachte sich Alina und trat ein.

Welche Überraschung: In der Küche befanden sich ein grosser Tisch mit sieben Stühlen. Auf dem Tisch befanden sich sieben Teller, gefüllt mit Polenta. Als sie dies sah, wurde ihr bewusst, wie hungrig sie war. Sie probierte vom ersten Tellerchen, aber die Polenta war ihr zu salzig. Dann probierte sie vom zweiten Teller, aber diese war zu kalt. Die dritte Polenta war zu heiss und die vierte zu fad. In den fünften Teller war eine Fliege gefallen und die sechste war zu gelb. Die siebte aber war genau richtig und Alina nahm den Löffel und ass alles auf, bis nichts mehr übrig war. Als sie satt war, fuhr sie mit der Erforschung des Häuschens fort. Von der Küche führte ein Türchen in ein anderes Zimmer. Dort fand Alina sieben Bettchen. Erst jetzt spürte sie, wie müde sie von der Kletterei war.
Sie probierte das erste Bettchen, aber das war ihr zu hart. Dann probierte sie das zweite Bettchen, aber dieses war zu weich, das dritte war zu klein, und beim vierten war die Decke zu kurz. Als sie sich auf das fünfte legte, schien ihr die Sonne durch das Fenster genau auf das Gesicht, das sechste hatte kein Kopfkissen, aber das siebte war genau richtig. Sie legte sich hin und sie war so müde, dass sie schon eingeschlafen war, bevor ihr Kopf das Kissen berührte.

Es ging schon auf den Abend zu, als die Bewohner des Häuschens zurückkamen. „Kra, jemand hat aus meinem

Tellerchen gegessen, kra", krähte der Rabe Paulin. „Auch aus meinem Teller hat jemand gegessen, kra kra", sagte der Rabe Riet. „Bei mir fehlt auch etwas". „Und bei mir hat jemand den Löffel benutzt", sagten die Raben Toni und Gian. „Auf meiner Polenta liegt eine tote Fliege", krähte der Rabe Batin, und Jon sagte: „Mein Stuhl ist verschoben worden, kra". Und Carl rief: „Und mein Teller, kra, ist ganz leer gegessen, kra kra".

Als sie dann ins Schlafzimmer gingen, bemerkte der Rabe Toni: „Wer hat mein Bett benutzt, kra?" Auch die Bettchen der Raben Riet, Gian, Paulin, Carl und Batin waren zerwühlt. Als sie dann zum siebten Bettchen kamen, sahen sie, wer ihre Polenta gegessen und alle Bettchen benutzt hatte. „Hei, schaut alle mal her, in meinem Bettchen schläft ein Mädchen", rief der Rabe Jon. Und Riet sagte: „Aber das ist doch Alina, kra, unser Schwesterchen!"

Alle sieben Raben standen um das Bettchen herum und sahen auf ihr Schwesterchen herunter, als Alina aufwachte. „Oh, endlich habe ich euch gefunden: Jon, Riet, Carl, Batin, Paulin, Toni und Gian. Wie ihr mir gefehlt habt! Ich bin so froh", sagte Alina und umarmte ihre Brüder.

„Auch wir sind glücklich dich wieder zu sehen, kra, Alina. Wir bedauern es so, was wir Mutter und dir angetan haben, kra. Wir haben euch so viel angetan, kra kra. Wenn wir das nur wieder gutmachen könnten", sagte der Rabe Batin. Darauf erwiderte Alina: „Mutter und ich haben euch schon lange verziehen und wir möchten, dass ihr wieder zu uns nach Hause kommt".

„Komm mit mir", sagte der Rabe Toni und führte sie in ein anderes Zimmer. Dort befand sich eine grosse Kiste, voll mit Perlen, goldenen Ketten, Ohrringen und glänzenden Münzen. „Woher habt ihr nur alle diese Reichtümer?", fragte Alina. Und Toni erklärte ihr: „Kra na ja, du weißt, wie Raben sind. Wenn sie etwas glänzen sehen, so nehmen sie es mit nach Hause...kra".

Die sieben Brüder nahmen dann Alina und die Kiste und sie flogen alle zusammen heimwärts. Die Mutter stand vor dem Haus, als sie ihre Kinder zurückkehren sah. Sie flogen alle zu ihr hin, umarmten sie mit ihren Flügeln und sagten: „Mutter, verzeih uns. Ab heute wollen wir immer brav sein und du sollst wegen uns nie mehr weinen, kra kra".

Die Mutter war überglücklich und sagte: „Ja meine Buben, schon lange habe ich euch verziehen". Und sie war so glücklich, dass sie vor Freude Tränen in den Augen hatte.

Und jedes Mal, wenn eine ihrer Tränen auf einen Raben fiel, verwandelte sich dieser wieder zurück in einen Jungen.

Von diesem Tag an waren die sieben Buben so brav, dass man sie fast nicht mehr hörte, wenn sie zusammen spielten. Auch Lori, die Katze, hatte nun endlich ihren Frieden und schlief zufrieden auf dem Kachelofen. Durch das viele Geld aus der Kiste hatte die ganze Familie keine Sorgen mehr und sie lebten lange und zufrieden bis ans Ende ihrer Tage.

LA PLUMPA INCHAUNTADA

I d'era üna jada....

...aintasom üna val dal pajais das Grischs, ün pitschan cumün. As abitaunts vivean da la laùr da lur mauns, dalöntsch davent das problems dal mond. La vita da minchadi gnia interrotta be in occasiun dad ün di da festa, üna nozza o ün'occurrenza simila. Parquai s'allegrea la glieud dal cumünet mincha jada spezialmaing scha ischè ün di stea avaunt üsch.

Ma'ls kindals d'eran trists. Ningün nu savea co cha quai ha padü capitar, ma in quist cumün veni pers al di das prüms marz. Precis quist di, al di da Chalandamarz, cun la plü bela festa das kindals d'era svanì.

Minch'on, do l'ultim di dal mais favrer, cur cha tots vean pront lur plumpas, talocs i s-chellas, lavats i stregliats i pronts lur chapütschs cus plü bes mazocs, sa sdruoglea tot al cumün la banura... das duoi marz. Co po quai esser? Sa dumondean tots, i las mammas stean cuffortar ses puobs i sias puobas chi vean ün grond cordöli cha lur plü bel di da l'on d'era it pers. Ma'l puob al plü trist da tots d'era Schminuzin, al figl da l'uster. Parvida cha par el nu d'era be it pers al Chalandamarz, ma er amo ses di da tuliri! Er quai amo, ses di da naschentscha. Minchün po s'imaginar caunt cha Schminuzin vea da patir.

Ischè es passà on par on, i ningün nu savea chai far, o ingiua chertschar quist di svani. Ma ischè nu padea quai ir inavaunt. Parquai ha la glieud dal cumün decis da far üna gronda radunaunza, par discutar al problem. Tot as abitaunts sa sun reunits in sala cumünala. Gnanc'üna zopglia nun es restada libra. La discussiun jea inavaunt id inò, ün lea chertschar al di pers aint il flüm, ün ater taunter la crippla. Amo ün ater lea ir in cità a cumprar ün nov prüms marz in butia, ma nu savea d'ingiua tor as raps par quai. Milli ideas gnian preschantadas, ma la soluziun dal misteri parea adüna plü dalöntsch davent. Fin ch'üna donnina veglia s'ha dazzada da sia zopglia id ha dit: "Jau craj cha be ün sa po jüdar:

Barbin sgrischus!"

Barbin sgrischus..! Aint illa sala sa vessi pudü daldar a tossar üna muos-cha. Be al manzunar quist nom fea star sü as pails da la goba er dal plü ferm hom, i fea gnir la pel jallina a las donnas. As kindals sa zoppean taunter las fadas da la schocca da las mammas i qualche d'ün das plü pitschens ha dafatta fat in chatscha.

Barbin sgrischus stea sulet in üna tea, at sur al cunfin da la bos-cha sül plü at munt sur al cumünet. Al tet dera cuernà cun müs-chal i la chà nu vea ne fanestras ne chamin. Be ün üsch grev da larsch rinforzà cun fier battü id ün enorm chadainatsch. Intuorn la tea d'era ün grond dischordan: tocs legna marscha, plechs da ruina, ün toc chaldera, cröas rottas, sdratscha i penas. I taunteraint mantuns dad ossa…

Ses ret nom nu savea ningün. La glieud tal nomnea Barbin sgrischus, parvida cha'l vea üna barba ischè sgrischaivalmaing lunga, cha'l ta la trea do sül fond. Parquai der'la er sgrischusamaing tschuos-cha i da totta sorts bes-chinas vean chattà dmura in ella. Puogls, scarafags, da totta sorts vermiglia i dafatta üna famiglia da schuorschs vea fat ses gnieu là. Öglins nairs, chi glüschean vivs id attents, i chi stean in ün carius cuntrast cul rest da la fajüra, tschütten sot l'ur dün chapè da piz ora. Quel d'era avaunt lönch temp forsa üna jada stat verd. Sülla müfla vea'l üna gronda barücla grischa, i as pacs daints restats d'eran nairs sco'l charbun. Cun sias stiblas grevas i'l mantal nair parea'l propi l'ultim das miserabals. Ma üna aura straunia circundea l'hom, üna sensaziun fraida, s-chüra…

Be pacs vean propi gni da chafar cun Barbin sgrischus, i da ques nus hai mâ plü duldi nüglia. Sur dad el circulean istorias chi fean schelar al zaung. Ningün nu savea ne co vegl ch'al d'era, ne d'ingiua ch'el gnia. Be ailch sa savei: Barbin sgrischus d'era schon vegl, zond vegl. I quai schon das temps, cha l'abitaunt al plü attempà dal cumün d'era amo ün kindal. I dad amo ailch d'erni garantids: Barbin sgrischus preservea al savair imblüdà das striuns i da las strias das temps s-chürs da quista terra.

Ma la donna vea raschun. "Scha ün sa chai far in quista situaziun disperada, schi es quai Barbin sgrischus", ha'la dit. "Inchün sto ir sül munt i dumondar cussegl!"
Oha! Öööhm, i chi vess quai dad esser? Gronda quetezza. Tot in üna jada nu parea al problem plü dad esser ischè grav, i minchün vea ün'atra s-chüsa: Al mugliner vea amo üna chargia graun chi fea enormamaing prescha da gnir muglinada. Al favar stea far fiers da chavai chi maunkean jüst'ossa. As paurs nu padean laschar sulet al mual, ün parvia ch'üna vacha stea jüsta far vadè, tschel vea üna chi scufla id ün terz vea la zoppina in stalla. Al magister vea uai ün pè i al chalger vess stü far a fin as salzers dal pader, chi nu podea natüralmaing ir a munt senza chompars. Ningün nu vea al curaschi da tschüttar aint is ögls da tschel, parvida cha tots clappean las süuors fraidas cul impissamaint da stuvair ir sulets sül munt i da cloccar vi da l'üsch da quella tea. Ischè es la gronda radunaunza ida bod a fin i minchün es it par sias vias, parfin senza ir do amo in ustaria sco üsità.

As kindals d'eran dischilus i trists. Es vean pers la spraunza da chattar darchau al Chalandamarz. Dafatta la vöglia da joar insembal tas d'era passada. Al cumün es gni ün lö trist i quet. Ningüns puobs chi joean la tola, ningünas puobas a joar sa zoppar. Id al plü coppà jò da tots d'era Schminuzin! Da not nu chattea'l la sön i da di girea'l intuorn sco aint in ün sömmi. Mai plü Chalandamarz, mai plü tuliri.
Na, quai nu po esser! "I scha's creschüts nun haun curaschi, schi vegn jau!" ha'l dit. "Jau sun ün kindal. Gnanca Barbin sgrischus nu po esser ischè nasch, da far uai ad ün kindal, spereschi… "Dal tot

bain nu tal d'eri pro quist impissamaint. Ma üna vita senza Chalandamarz i tuliris tal parea plü mala co cha sia temma d'era gronda. Ischè, üna banura bod, ha'l tut sia buscha i senza cha ne mamma ne bap vezzessan, è'l it in spensa par ün bun toc spec, ün mez paun sejal id ün sprinzal chischöl. Jo'n cuort ha'l amo paquettà aint üna cuerta da launa, i pigliond sias jommas sot bratsch, s'ha Schminuzin miss be curaschi in viadi vers al munt.

I d'era propi üna bella banura. As millar-mollars sgolean da püschal a püschal id al sulai tschüttea jüsta sur la pizza cur cha Schminuzin es passà sper l'ultima chà dal cumün. Cun bun pass chaminea'l vers insü, i cul gnir mezdi ha'l cumainzà da badar la fom. "Üna posina nu po far don", ha'l s'impissà, i s'ha miss a sezzar sün ün crap. Tschüttond injò vezzea'l las chats dal cumün be pitschninas, i la glieud parea pitschna sco furmias. "Ün cleppar toc n'hai schon fat", s'impissea'l ruojond vi d'ün toc paun. Ma tschüttond insü, ta'l parei sco scha'l munt füss gni amo plü at. Üna muntanella schuerschea be tort or da sia fora, bain s'impissond chai cha quist tip quia ha da far sün ses territori. Ma Schminuzin nu vea temp par far stincals, i s'ha fat inavaunt sün sia via. Crippals tal stean in pês, i sur chavorgias ha'l stü dar zats. Üna jada füssa'l bod sblezià i cuclà jò dad üna jonda. Plaun plaunet gnia la bos-cha plü rara i Schminuzin vezzea schon, amo at sü, la siluetta da la tea. I d'era schon saira, i al sulai svaneschea do as munts. Schminuzin d'era staungal. „Hoz nu rivi plü fin casü", ha'l s'impissà. El es sezzà sot ün dschembar, i parvia chi gnia frai, s'ha'l cuernà cun sia cuerta. I senza s'incorschar cha fom naira cha'l vea, è'l s'inrumainzà sül fletsch.

Ailch tal ha tunà aint par las costas! "Chai...?" Cha stramizzi, banura, üna barba!
"Chi esch tü? Chai fasch sün mes terrain?" ha'l duldi üna vusch,

id iamo adüna be mez sruoglià ha'l proà da star sü. Barbin sgrischus! Cun ün bastun lung tal stumpleal intuorn al bos-ch. "Chi esch? Chai fasch qua?" schgniffea quist'orribla apparenza. Al d'era propi amo bler plü trid co chi quintean jo'n cumün. Schminuzin chichea da la temma: "N-nüglia ma f-f-far uai...jau chertschea a tai...t-tt-tü stosch sa stosch jüdar, spetta". Finalmaing hal dat pos i nos Schminuzin, amo adüna tot or flà: "Chalandamarz, tuliri...davent..." "Höi, ta calma". ha dit Barbin. "Chai interessan a mai voss fats? Svanescha, ischnà ta vai mal!" "Na, fa al bain, taicla chai cha jau stun ta dir. Be tü posch sa jüdar". Ha dit Schminuzin. Id ilura ha'l tut insembal tot ses curaschi i ha tschüttà a Barbin aint is ögls. Id i tal parea, cha quel nu tschüttess schon plü ischè nar. Quai tal ha dat cunfidaunza:
"Sasch, nu hain pers al di da Chalandamarz, i nu kindals eschan disperats id in cumün hauni dit cha be tü esch amo bun da jüdar a chattar al di pers. Mo ningün das creschüts vea al curaschi da gnir sü qua pro tai a ta dumondar. Ilura sun oramai jau gni. Sa jüdasch?"
"So? Temma, ha! Mo i tü, nun hasch temma da mai?" "Schon" ha dit Schminuzin. „Mo id es be cha as prüms marz n'hai er amo tuliri. Cha pora vita senza gnanc'ün tuliri. Ilura suni gni". Barbin ha stüdjà üna pezza id ha dit: "I ma para cha tes curaschi merita mi'ureglia, vè cun mai". Id apaina dit quai s'ha'l stort, i strond do sia barba, ha'l cumainzà dad ir cun lungs pass vers la tea.

Schminuzin vea fadia da tegnar pass, i mez mort e'l rivi davaunt la chà cun Barbin. Cha dischordan i cha spizza. Barbin ha tut or da ses mantal üna gronda clav id ha rivi l'üsch. "Aint cun tai!" Schminuzin ha ossa listess clappà temma i lea schon mütschar, mo Barbin tal ha tut pal cularin i tal ha stumplà aint dad üsch. Al prüm nu vezzea'l nüglia. Mo plaun a plaun s'ha sia vezzüda adüsada vi dal s-chür i Schminuzin ha tut in ögl la tea. Vi da las paraids, firhongs sdratschats senza fanestras i vegls roms da pilts senza motivs. Al plafond nair dal füm, parvida chi nu dea chamin, be üna fora aint il plafond. Al fond d'era cuernà cun da totta sorts plundar. A Schminuzin parea cha qualchadünas da las robas süllas qualas ch'el tramplea intuorn füssan vivas, mo el ha s'impissà chi füss forsa megldar da nüglia tschüttar plü precis.

"So, id ossa quinta amo üna jada quist'istoria, mo senza totlarias, i svelt, jau n'ha amo atar da far!" Schminuzin es sezzà jò sül baunc pigna id ha quintà tot precis a Barbin, chi nu tal parea schon plü ischè sgrischus.

Cur cha'l vea glivrà da quintar, ha Barbin tal tschüttà profond aint is ögls id ha dit : "Vu eschat savess la cuolpa. Al Chalandamarz es svanì, parvida cha vu kindals nun hauat plü sunà ret las s-chellas! Al convivi i al saltar cullas puobas la saira d'era par vu plü importaunt co sunar voss talocs, i sclingiar cullas brunzinas. I ossa fauat ün grond sbrajizzi. Quai nu ma dà da bondar!"
Schminuzin es gni tot alb in vista. Padea quai esser vaira? Mo sch'el stüdjea bain, schi steal proppi dar pro. Er ses impissamaints d'eran a Chalandamarz daplü vi das knödals, rost, auina i tuschandra, co vi dal far saltar al battagl aint illa plumpa. "Ün pa raschun hasch schon Barbin, i jau impromet er cha nu sunain sco nars, scha tü posch be sa jüdar da chattar darchau al di da Chalandamarz".
Dit quai ha Barbin tut üna gronda clav or da sia barba, es stat sü, ha trat davent ün firhong da la parai dovart da la tea i ha dit: "Vezzasch quist üsch? Ossa posch mossar scha tü manjajasch proppi seri. Quist üsch maina aint in ün cuval aint al munt, lung, profond i frai. Aintasom al cuval es ün dragun. Daspö millis dad ons dorma'l sün üna gronda plumpa. La plumpa inchauntada! Scha tü esch bun da tal sbarbar la plumpa, es quai la soluziun da tes problems. Tü stosch ilura tor la plumpa i aint illa prosma not da

glüna plaina stosch ir sunond tot quai cha tü esch bun, trais jadas intourn al bügl da vos cumün, id ilura büttar la plumpa aint in bügl. Scha tü fasch tot ret, schi do la prosma fin favrer, gnirà darchau al di das prüms marz. Mo da letsch, al dragun es privlus. I amo ailch: Scha vu nu sunauat da quà inavaunt inandret cun vossas s-chellas pro'l Chalandamarz, schi perdarauat darchau quist di. Be cha ilura nu tuornara'l mai plü. Ossa tegna tes piccal i va, scha tü hasch al curaschi!"

Schminuzin ha trondà duos jadas süt id es it aint dal cuval. Do el es l'üsch it serrà cun ün sfratsch id el d'era sulet. "Au beas, id ossa? Ün dragun! Er quai amo, mo jau lea par mort i fin far l'eroe. Buna peda!" Ha s'impissà Schminuzin. "Mo ossa nu dai plü ingün inò. Bain, i nu sarà oramai ischè mal".

Ischè, mettond ün pè davaunt tschel ha'l cumainzà dad ir plü profond aint il cuval. Sul deri quà, utschès mezmürs sgolean intuorn, id i tal parea cha ögls glüschaints tal tschüttessan do las chantunadas naun. Cul cor aint illas chatschas è'l it inavaunt, id i tal parea cha quist cuval nu pigliess fin. Do ün'infinità da temp ha'l viss üna glüm debla straglüschar davaunt el. Quista glüm s'impizzea i stüdea totta pezza in ün ritem plaun. Cun ir plü daspera ha'l viss chai cha quai d'era: Davaunt Schminuzin s'ha rivi al cuval in üna chaverna gronda sco üna baselgia. Aintamez quist'immensa sala dormea ün enorm dragun. Mincha jada ch'el trea al flà, spüffea'l fö or da sias trais foras da nas. Quai d'era quella cariusa glüm ch'el vea vis. Al dragun d'era tot verd, cun ün vaintar jelg. Las griflas d'eran grondas sco al curtè da cuschina da mamma i Schminuzin vess bod pers al curaschi. Mo el ha viss la plumpa, la plumpa inchauntada chi tas vess dat inò al Chalandamarz i amo ses di da tuliri.

Plaun, plaunin, par jo nüglia sdruogliar quist mostro es Schminuzin croblà vers al dragun. Al dormea propi precis sülla plumpa. Co far? Schminuzin es it amo plü daspera id es rivi da tschüffar la tschinta da la plumpa id ha trat ün pa. In quel mumaint es al taloc da la plumpa crodà jo id ha fat ün sfracasch enorm. Al dragun ha fat ün zat, ha viss a Sminuzin i cun ün rögn sgrischaival ha'l tschüff a Schminuzin in sias griflas.

"Co posch tü, miserabal umaun, t'improttar da ma sdruogliar? Ta lascha gnir adimmaint üna buna raschun, ischnà esch mort!" Schminuzin nu clappea bod ningün flà, id es be stat bun da dir: "Chalandamarz".
„Ha! Quai nun es par crajar", ha dit al dragun. „Vu cajas hauat pers al di da Chalandamarz, esi ischè? I ossa vosch mia plumpa". Dit quai ha'l miss a Schminuzin darchau jo sül fond davaunt el. Schminuzin nu dera bun da sa muointar da la temma. Oramà cha'l dragun d'era sdrueglià, i savea schon parchai ch'el d'era qua, nu tal restea nüglia ater da far co spettar jo co chi jess inavaunt.
"Bun, nu nu tavellain lönch intuorn la miesa! Quai va ischè : jau ta fetsch trais dumondas. Scha tü sasch respondar tottas trais jadas ret, ta duni la plumpa. Scha tü respondasch fas, esi glivrà cun tai. Chapi?"
Schminuzin nu d'era bun da far nüglia ater co da squassar al chau par dir da schi.
"Dumonda ün": ha dit al dragun. "Parchai hauat pers al di da Chalandamarz?" "Nu kindals nu s'hain plü dat fadia da s-chellar i sunar nossas plumpas, brunzinas i talocs. La festa d'era par nu plü importaunta co da s-chatschar l'inviern cun ses frai".
"Dumonda duoi: Chai fasch cun la plumpa, scha tü talla clap-pasch?" "Aint illa prosma not da glüna plaina stun jau ir trais jadas intuorn al bügl in nos cumün sunond la plumpa tot quai chi va, id ilura talla büttar aint ill'aua".
"Dumonda trai: Chai fauat vu kindals ilura pro'l prossam Chalandamarz?" "Nu sunain sco nars nossas s-chellas par cha l'inviern va davent, i la prümavaira po gnir, jau imprumet". ha dit

Schminuzin, chi d'era pac avaunt sa perdar via da la temma.

Al dragun tal ha dat la plumpa, s'ha viaut, id aint in ün spüff da fö, es el svani. Schminuzin es restà là sco impaglià cun sia plumpa in maun i nu savea plü ret chai far. Do esser stat là ün tempet sco ün martüffal s'ha'l darchau refat id es tuornà inò or dal cuval. La tea d'era vöda. Barbin nu d'era ninglur i l'üsch d'era avert. Ischè ha Schminuzin tut sia plumpa id es it vers chà. Cur ch'el es rivi in cumün d'eri schon not. El vea uai la rain dal portar la plumpa, i cur ch'el es rivi pro'l bügl ha'l viss chid es üna not da glüna plaina. "Scha jau sun schon qua, schi vagli la paina da proar", ha'l s'impissà. Ha tut sia plumpa, i dond tot quai cha'l d'era bun è'l marchà trais jadas intuorn al bügl, fond üna canera, ch'el savess gnia bod suord. Carius? Gnanca üna glüm nu gnia impizzada aint illas chats da la vaschinaunza. "Mo nun ha ningün duldi quista canera?" Quai d'era strauni, mo i parea propi da na. Sco cha Barbin sgrischus tal vea dit, ha'l ilura tut la plumpa, i tilla ha büttà cun schlantsch aint in bügl. Id ha dat üna sfrantunada sgrischaivla. Schminuzin ha be plü vis ün'explosiun dad aua, fö i puolvra, i do tal esi gni nair davaunt als ögls.

Ün chad raz da sulai sün sia vista ha sdruoglià a Schminuzin. El d'era aint in sia chà, aint in sia chombra, in ses let. I d'era banura i as prüms razs da sulai splendurean aint da la fanestra. D'era tot be ün sömmi? Na, quai nu po adessar pussibal!

El ha dat ün zat or da let id es sgaloppà in cuschina. Sia mamma i ses bap d'eran schon sü, i el tas ha quintà tot l'istoria. Ses bap squassea be al chau i barbottea aint in sia barba ailch sco: "Mes figl es ün fantast, quai varà'l da mia donna…".

Mo la mamma tal ha tut sün bratsch i tal ha dat ün bütsch sülla müfla id ha dit: "Jau ta gratulesch par tes tuliri…ossa maingia pischegn cha tü dovrasch hoz tot tias forzas par s-chatschar l'inviern. Id es as prüms da marz…".

DIE ZAUBERGLOCKE

Es war einmal...

... ein kleines Dorf im Lande der Grauen, ganz hinten in einem entlegenen Tal. Seine Bewohner lebten von der Arbeit ihrer Hände, weit entfernt der Probleme dieser Welt. Das tägliche Einerlei wurde nur unterbrochen, wenn ein Festtag, eine Hochzeit oder ein anderer besonderer Tag bevorstand. Darum freuten sich die Leute des Dörfchens ganz speziell, jedes Mal wenn so ein Ereignis stattfand. Aber die Kinder des Dörfchens waren traurig. Niemand wusste wie dies geschehen konnte, aber dieses Dorf hatte den Tag des ersten März verloren. Ausgerechnet diesen Tag, den Tag des Chalandamarz. Das wichtigste Fest der Kinder war verschwunden. Jedes Jahr, nach dem letzten Tag des Monats Februar, wenn alle Kinder ihre guten Kleider, ihre Glocken und Mützen bereitgelegt hatten, sauber gebadet und gekämmt waren, erwachte das ganze Dorf...am Morgen des zweiten März! Wie konnte das geschehen?, fragten sich alle und die Mütter mussten ihre Kinder trösten, die ihren schönsten Feiertag verloren hatten. Der Traurigste von allen aber war Sminuzin, der Sohn des Wirtes. Denn für ihn war nicht nur der Chalandamarz abhanden gekommen, sondern auch noch sein Geburtstag! Zu allem Übel auch das noch: ein Kind ohne Geburtstag. Jeder Mensch mit dem Herzen am rechten Fleck kann sich vorstellen, wie ihm zumute war.

So verging Jahr um Jahr und niemand wusste was tun, oder wo der verschwundene Tag zu suchen wäre. Doch so konnte es nicht weiter gehen. Darum beriefen die Oberen des Dorfes eine grosse Versammlung ein, um das Problem zu erörtern. Alle Leute waren anwesend und kein Stuhl blieb unbesetzt. Die Diskussion wogte hin und her. Einer wollte den verlorenen Tag im Fluss suchen, ein anderer zwischen den Felsen. Ein weiterer wollte in die Stadt um einen neuen zu kaufen, wusste aber nicht, woher er das Geld dazu herholen sollte. Tausend Ideen wurden vorgetragen, von der Lösung des Problems schienen sie aber immer weiter entfernt zu sein. Bis ein altes Weiblein von ihrem Stuhl aufstand und sagte: „Ich glaube, hier kann uns nur einer helfen: Bart der Schreckliche!" Bart der Schreckliche...! Im Saal wurde es so still, dass man eine Fliege hätte husten hören können. Der Klang dieses Namens liess auch den mutigsten Mann erbleichen und die Frauen bekamen eine Gänsehaut. Die Kinder versteckten sich hinter den Röcken ihrer Mütter und einer der kleineren machte sogar in die Hosen.

Bart der Schreckliche lebte allein auf einer Alp, hoch oben in den Bergen über dem Dorf. Das Dach der Hütte war mit Moos bedeckt und das Haus hatte weder Fenster noch Kamin. Es hatte nur eine schwere eichene Türe, die mit grossen eisernen Nägeln beschlagen und mit einem riesigen Schloss zugesperrt war. Um die Alp herum herrschte ein unglaubliches Durcheinander: faulendes Holz, rostige Blecheimer, kaputtes Geschirr, dreckige Lumpen, Federn und überall dazwischen Haufen abgenagter Knochen...
Seinen richtigen Namen kannte keiner. Die Leute nannten ihn Bart den Schrecklichen, weil er einen so schrecklich langen Bart hatte, dass er ihn am Boden nachschleifen musste. Das war der Grund, warum dieser Bart auch schrecklich schmutzig war und allerlei Ungeziefer beherbergte. Läuse, Käfer, allerlei Würmer und Maden und sogar eine Mäusefamilie hatte dort ihr Zuhause gefunden. In seinem runzligen Gesicht leuchteten zwei kleine, glänzende schwarze Äuglein, die zu dem Rest seiner Erscheinung in merkwürdigem Kontrast standen. Auf dem Kopf prangte ein breitkrempiger, spitzer Hut, der vor langer Zeit vielleicht einmal grün gewesen war. Auf der Wange hatte er eine grosse graue Warze und die wenigen, ihm noch verbliebenen Zähne waren schwarz wie Kohlestückchen. Mit seinen schweren Stiefeln und dem Lodenmantel sah er wirklich zum Fürchten aus. Eine dunkle,

unheimliche Ausstrahlung aber umgab dieses Männlein. Etwas Kaltes, Mysteriöses ging von ihm aus...

Nur wenige hatten bisher mit ihm zu tun gehabt und von diesen hat man nie wieder etwas gehört. Über ihn wurden Dinge erzählt, die einem das Blut in den Adern gefrieren liessen. Niemand wusste mit Bestimmtheit zu sagen, wie alt er war, oder woher er gekommen war. Nur eines wusste man mit Bestimmtheit: Er war alt, sehr alt. Und noch etwas war sicher: Bart der Schreckliche bewahrte das geheime Wissen der Druiden und Zauberer aus den dunklen Zeiten dieser Erde.

Doch das alte Weiblein hatte Recht. „Wenn uns einer in dieser verzweifelten Lage helfen kann, so ist dies Bart der Schreckliche. Jemand muss zu ihm rauf auf die Alp um ihn um Rat zu fragen!" Hoppla! Und wer sollte das sein? Totenstille! Auf einmal schien das Problem nicht mehr so gross zu sein und jeder hatte eine andere Ausrede: Der Müller hatte noch eine Ladung Korn, die unbedingt gemahlen werden musste. Der Schmied musste Hufeisen schmieden, die gerade jetzt fehlten. Die Bauern konnten ihr Vieh nicht alleine lassen, einer, weil seine beste Kuh gerade am Kalben war, der andere, weil er glaubte die Klauenseuche im Stall zu haben. Der Lehrer hatte Schmerzen im Fuss, der Schuhmacher musste die Schuhe des Pfarrers flicken und der Pfarrer konnte ohne Schuhe natürlich nicht auf die Berge steigen. Keiner hatte den Mut dem anderen in die Augen zu schauen, weil allen bei dem Gedanken auf die Alp zu steigen und an die eichene Türe zu klopfen das Herz in die Hosen rutschte. So ging die grosse Versammlung bald zu Ende und jeder ging seines Weges. Sogar ohne sich nachher im Wirtshaus zu treffen, wie es sonst so üblich war.

Die Kinder waren enttäuscht und traurig. Die Hoffnung den Chalandamarz wieder zu finden war dahin. Sie mochten nicht einmal mehr miteinander spielen. Das Dorf wurde ein stiller und öder Ort. Keine Buben, die Fangen spielten, keine Mädchen die sich versteckten. Aber der traurigste von allen war Sminuzin! In der Nacht fand er keinen Schlaf und während des Tages lief er herum wie ein Schlafwandler. Nie mehr Chalandamarz, nie mehr Geburtstag.

Nein, das konnte nicht sein! „Und wenn die Erwachsenen keinen Mut haben, so gehe ich!", sagte er sich. „Ich bin ein Kind. Nicht mal Bart der Schreckliche kann so böse sein und einem Kind etwas zu Leide tun, hoffe ich..." Ganz wohl war ihm bei diesen Gedanken nicht. Aber ein Leben ohne Chalandamarz und Geburtstage erschien ihm schlimmer als seine Angst. So nahm Sminuzin eines Morgens in der Früh seinen Rucksack, packte sich etwas Brot, Speck und Käse ein, nahm eine Wolldecke und ohne dass Vater und Mutter es bemerkt hätten, verliess er das Haus und machte sich auf in Richtung Berg.

Es war wirklich ein schöner Morgen. Die Schmetterlinge flogen von Blume zu Blume und als Sminuzin die letzten Häuser des Dorfes hinter sich gelassen hatte, streckte die Sonne ihre ersten Strahlen über die Bergkämme. Mit grossen Schritten stieg er bergwärts und als es gegen Mittag ging, spürte er seinen Hunger. „Eine kleine Rast kann nicht schaden", dachte er bei sich und setzte sich auf einen grossen Stein, der am Wegrand lag. Er schaute runter auf sein Dorf. Die Häuser schienen ganz klein und die Leute kamen ihm vor wie Ameisen. „Ein gutes Stück bin ich schon vorwärts gekommen", dachte er, während er an einem Stück Brot rumkaute. Aber wenn er aufwärts schaute, so schien es ihm, der Berg sei noch grösser geworden. Ein Murmeltier lugte aus seinem Loch hervor und dachte sich wohl, was dieser Eindringling auf seinem

Gebiet zu suchen habe. Sminuzin aber hatte keine Zeit für Spielchen und machte sich wieder auf den Weg. Felsen versperrten seinen Weg, und er musste über breite Felsspalten springen. Einmal wäre er fast ausgerutscht und den Hang heruntergekugelt. Langsam aber wurden die Bäume weniger und Sminuzin konnte schon die Umrisse der Alp hoch oben am Berg erkennen. Es war schon Abend und die Sonne verschwand hinter den Bergen. Sminuzin war müde. „Heute erreiche ich die Alp nicht mehr", dachte er sich. Er setzte sich unter eine alte Arve und weil es kälter wurde, deckte er sich mit seiner Wolldecke zu. Ohne zu merken wie hungrig er eigentlich war, schlief er bald ein.

Etwas schlug ihm gegen die Rippen! „Was, was ist...?" Welch ein Schrecken: Bereits Morgen? Ein Bart!
„Wer bist du? Was machst du auf meinem Land?", fragte jemand mit krächzender Stimme, während Sminuzin noch ganz verschlafen versuchte auf die Beine zu kommen. Bart der Schreckliche! durchzuckte es den Jungen. „Na sag schon, wer bist du?", fuhr ihn diese Furcht einflössende Gestalt wieder an und fuchtelte mit seinem Stock vor Sminuzins Gesicht herum. Das Männlein war wirklich hässlich, noch viel hässlicher als man sich im Dorf erzählte und Sminuzin zitterte vor Angst. „Bitte tu mir nicht Weh, ich suchte d-d-dich, du musst uns he-helfen!", stotterte er. Bart der Schreckliche hörte endlich auf ihn herumzuschubsen und Sminuzin kam etwas zu Atem: „Der Chalandamarz, der Geburtstag, alles weg..."
„Beruhig dich," sagte Bart der Schreckliche. „Was gehen mich eure Angelegenheiten an. Verschwinde, oder es geht dir schlecht!"
„Nein, bitte hör mir zu, was sich zu sagen habe. Nur du kannst uns helfen", sagte Sminuzin und schaute Bart dem Schrecklichen zum ersten Mal direkt in die Augen. Es schien ihm als schaue der schon nicht mehr so böse, also nahm er all seinen Mut zusammen:

„Weisst du, wir haben den Tag des Chalandamarz verloren, und wir Kinder sind so verzweifelt. Im Dorf sagen alle, nur du könntest uns helfen den verlorenen Tag wiederzufinden. Aber keiner der Erwachsenen hatte den Mut, zu dir herauf zu kommen um dich zu fragen. So bin nun halt eben ich hier. Hilfst du uns?"

„So? Angst he! Ja, und du? Hast du keine Angst vor mir?"

„Schon," sagte Sminuzin. „Aber am ersten März habe ich auch noch Geburtstag. Was für ein Leben ohne Geburtstag...so bin ich eben rauf gekommen". Bart der Schreckliche überlegte einen Moment und sagte: „Mir scheint, dein Mut verdient mein Ohr, komm mit mir!" Darauf drehte er sich um, und seinen langen Bart hinter sich her ziehend, schritt er Richtung Alp davon.

Sminuzin hatte Mühe mit ihm Schritt zu halten und ganz ausser Atem kam er bei der Alp an. Welch eine Unordnung, welch ein Gestank! Bart der Schreckliche zog einen grossen Schlüssel aus seiner Tasche und sperrte die Türe auf. „Rein mit dir!" Sminuzin bekam es jetzt doch mit der Angst zu tun und wollte schon abhauen, aber Bart der Schreckliche fasste ihn am Kragen und stiess ihn in das Haus. Am Anfang konnte er nichts erkennen, so düster war's. Aber dann gewöhnten sich seine Augen an die Dunkelheit und Sminuzin sah sich um: An den Wänden zerrissene Vorhänge ohne Fenster und alte Bilderrahmen ohne Bild, die Decke schwarz vom Russ, da es keinen Kamin gab, nur ein Loch im Dach sorgte dafür, dass der Rauch der Feuerstelle abziehen konnte. Der Boden war übersät mit allerlei Gerümpel und Sminuzin hatte das Gefühl, dass einiges davon, auf dem er herumtrampelte, lebendig wäre. Besser nicht zu genau hinschauen, dachte er sich.

„So, und jetzt erzähl mir genau, was passiert ist, aber keine Mätzchen, und schnell! Ich habe noch anderes zu tun!" Sminuzin setzte sich auf die Ofenbank und erzählte Bart dem Schrecklichen nun alles ganz genau, und von Anfang an. Und je länger er erzählte, um so weniger schrecklich kam ihm Bart der Schreckliche vor.

Als er fertig erzählt hatte, schaute ihm Bart der Schreckliche tief in die Augen und sagte: „Ihr seid selber schuld! Der Chalandamarz ist verschwunden, weil ihr diesen Tag nicht mehr ernst genug genommen habt und die Schellen und Glocken nicht gut genug geschwungen habt. Das Festessen, die Musik und der Tanz mit den Mädchen war für euch wichtiger als den Winter mit seinen bösen Geistern zu vertreiben. Und jetzt veranstaltet ihr ein grosses Theater, weil der Tag verschwunden ist. Das wundert mich nicht".

Sminuzin erbleichte. Konnte das möglich sein? Wenn er aber richtig darüber nachdachte, so musste er Bart dem Schrecklichen schon zustimmen. Auch er dachte beim Chalandamarz mehr an Knödel, Braten, Sirup und die schönen Augen der Mädchen, als daran den Klöppel in der Glocke tüchtig zu schwingen. „Ich muss schon zugeben, dass du Recht hast", sagte Sminuzin. „Und ich verspreche dir, dass wir wie die Wilden die Glocken läuten, wenn du uns nur hilfst den Chalandamarz wieder zu finden".

Darauf überlegte Bart der Schreckliche einen Moment, dann zog er einen grossen verrosteten Schlüssel aus seinem Bart und schritt zur hinteren Wand des Hauses. Dort zog er einen alten Vorhang zur Seite und sagte: „Siehst du diese Türe? Jetzt kannst du beweisen, wie ernst es dir mit deinem Versprechen ist. Durch diese Türe kommst du in einen langen, tiefen Tunnel. Ganz weit in den Berg hinein. Am Ende des Tunnels triffst du auf einen Drachen! Seit tausenden von Jahren schläft er dort auf einer grossen Glocke. Es ist eine Zauberglocke! Wenn du dem Drachen diese Glocke entwenden kannst, so ist das die Lösung all eurer Probleme. Mit dieser Glocke musst du dann in der nächsten Vollmondnacht drei Mal um den Dorfbrunnen kreisen. Dabei musst du die Glocke läuten, so kräftig wie du nur kannst. Danach wirfst du die Glocke in den Brunnen. Wenn du alles richtig machst, so wird nächstes Jahr, nach dem letzten Tage des Monats Februar, wieder der erste März da sein. Aber gib Acht. Der Drachen ist gefährlich! Und noch etwas: Wenn ihr in Zukunft am Chalandamarz die Glocken nicht richtig schwingt, so wird dieser Tag wieder verschwinden. Nur wird er dann nie, nie wieder zurückkommen. Jetzt steh auf und geh! Wenn du den Schneid dazu hast".

Sminuzin hat zwei Mal leer geschluckt, hat all seinen Mut zusammengenommen und ist durch die Türe in den Tunnel getreten. Mit einem lauten Krachen schlug die Türe hinter ihm zu und er war allein. „Herrje, und jetzt? Ein Drache! Auch das noch. Aber ich wollte ja unbedingt den Helden spielen...selber schuld!", dachte sich Sminuzin. „Aber jetzt gibt es kein Zurück mehr. Es wird wohl nicht so schlimm werden". So schritt er, zuerst zaghaft einen Fuss vor den anderen setzend, aber dann entschlossen, tiefer in den Tunnel hinein.

Unheimlich war es hier. Fledermäuse flogen um ihn herum und es schien ihm, als würden ihn tausend Augen im Versteckten beobachten. Er war schon weit gelaufen und es wurde immer kälter, als er endlich ein schwaches Licht vor ihm in der Ferne flackern sah. Dieses Licht erlosch und erschien wieder in einem steten, regelmässigen und langsamen Rhythmus. Als Sminuzin näher kam, sah er, was es damit auf sich hatte: Vor ihm öffnete sich der Tunnel in eine riesige Kaverne, gross und hoch wie eine Kirche. Inmitten dieser Tropfsteinhöhle schlief ein riesiger Drachen, wie er noch nie einen gesehen hatte. Jedes Mal, wenn er seinen Atem ausstiess, sprühte eine Feuerlohe aus seinen offenen Nüstern. Das war das Licht, das er aus der Ferne gesehen hatte! Die Haut des Drachens bestand aus grünen Schuppen, so gross wie Suppenteller und der Bauch war ganz gelb. Er hatte lange, scharfe Krallen und Sminuzin verliess fast der Mut bei seinem Anblick. Aber er sah auch die Glocke, die Zauberglocke, die ihnen den Chalandamarz und ihm seinen Geburtstag zurückgegeben hätte!

Langsam, und Acht gebend ja kein Geräusch zu verursachen

näherte er sich vorsichtig dem schlafenden Drachen. Er schlief wirklich genau auf der Glocke. Wie sollte er es nur anstellen? Sminuzin schlich noch näher heran und zog ganz leicht am Gurt der Glocke. In diesem Moment fiel der Glockenklöppel mit einem lauten Scheppern herunter. Der Drache erwachte mit einem schrecklichen Grunzen, sah Sminuzin, der wie versteinert stehen geblieben war und fasste ihn mit seinen grossen Krallen.

„Wie kannst du erbärmlicher Mensch es wagen meinen Schlaf zu stören? Lass dir einen guten Grund einfallen, oder du bist des Todes!" Sminuzin bekam aus Angst und wegen der Krallen, die ihn fast erdrückten, fast keine Luft und brachte nur ein krächzendes „Chalandamarz" heraus.

„Ja so was! Dann lass mich mal raten: Ihr Armleuchter habt den Chalandamarz verloren, ist es so? Und jetzt willst du meine Zauberglocke?", Sagte der Drache, während er Sminuzin in seinen Krallen schüttelte. Dann setzte er ihn auf die Erde, wo Sminuzin wie versteinert stehen blieb. Und da der Drache bereits alles wusste, dachte sich Sminuzin, das Beste wäre zu schweigen und abzuwarten, wie es weitergehen würde.

„Gut, reden wir nicht lange um den heissen Brei herum! Das geht folgendermassen: Ich werde dir drei Fragen stellen. Wenn du alle drei Fragen richtig beantwortest, bekommst du die Zauberglocke. Wenn auch nur eine Antwort falsch ist, dann ist es aus mit dir! Verstanden?"

Sminuzin brachte nur ein zaghaftes Kopfnicken zustande.

„Also dann, Frage eins", sagte der Drache. „Warum habt ihr den Tag des Chalandamarz verloren?"

Und Sminuzin antwortete: „Wir Kinder haben am Chalandamarz unsere Glocken und Schellen nicht mehr gut genug geläutet. Das Fest war für uns wichtiger als den Winter mit seiner Kälte zu vertreiben!"

„Frage zwei: Was machst du mit der Zauberglocke, wenn du sie bekommst?"

Und Sminuzin antwortete: „In der nächsten Vollmondnacht muss ich, die Zauberglocke so stark läutend wie ich nur kann, drei Mal um den Dorfbrunnen laufen und die Glocke dann in den Brunnen werfen."

„Frage drei: Was tut ihr Kinder dann am nächsten Chalandamarz?"

Und Sminuzin antwortete: „Wir läuten unsere Glocken wie die Wilden, so stark wie wir können, um den Winter und die bösen Geister zu vertreiben. Ich verspreche es!"

Der Drache erhob sich in lautem Getöse, blies zwei riesige Feuersäulen aus seiner Nase und verschwand vor den Augen des vor Angst zitternden Sminuzin in einer Rauchsäule. Zurück blieb die Zauberglocke, auf dem dampfenden Boden der Höhle. Erst nach einer guten Weile wagte es Sminuzin sich zu bewegen. Er schulterte die Zauberglocke und lief zurück durch den Tunnel. Die Alphütte war leer und von Bart dem Schrecklichen war nichts zu sehen. Die Türe war offen und so machte sich Sminuzin mit seiner Glocke auf den Heimweg.

Als er endlich im Dorf ankam, war es schon Nacht. Die Strassen waren leer und als er in den Sternenhimmel blickte, sah er, dass es Vollmond war. Er dachte sich: „Wenn ich schon da bin, so kann es nicht schaden, es zu versuchen". So gürtete er sich die Zauberglocke um die Hüften und schritt damit drei Mal um den Dorfbrunnen. Dabei schwang er die Glocke so heftig er nur konnte. Der Krach, den er dabei verursachte, machte ihn fast taub. Merkwürdig, kein einziges Licht ging in den Fenstern der Häuser an. Hörte denn niemand diesen Höllenlärm? Es schien wirklich so zu sein. Wie Bart der Schreckliche ihm befohlen hatte, warf er dann die Zauberglocke in hohem Bogen in den Brunnen. Dieser explodierte in einer haushohen Säule aus Feuer, Rauch und Wasser. Sminuzin hörte nur noch das laute Krachen, bevor ihm schwarz vor den Augen wurde und er in Ohnmacht fiel.

Ein warmer Sonnenstrahl strich Sminuzin über die Wange und weckte ihn. Er war zuhause, in seinem Zimmer, in seinem Bett! Es war Morgen und die Sonne schien durch das Fenster auf sein Kissen. War alles nur ein Traum gewesen? Nein, das konnte nicht möglich sein!

Er sprang mit einem Satz aus dem Bett und rannte in die Küche. Sein Vater und seine Mutter waren schon auf und sassen am Frühstückstisch. Sminuzin erzählte ihnen die ganze Geschichte. Der Vater brummelte nur so etwas wie: „Mein Sohn ist ein Fantast, das hat er sicher von der Mutter..."

Seine Mutter aber strich ihm zärtlich über die Wange, nahm ihn auf den Schoss und gab ihm einen Kuss: „Ich gratuliere dir zu deinem Geburtstag, Sminuzin. Iss jetzt dein Frühstück. Du brauchst heute Kraft um den Winter zu vertreiben! Es ist Chalandamarz...."

I DEPENDA
DAL PUNCT DA VISTA

El sezzea spettond davaunt al taimpal. El savea, i nu podea plü ir lönch. Parvida chi capitea micha di al listess mumaint. Quista regularità vea ailch rassürant, ün ritual da mincha di… Id a la fin das quints, d'era quai ses dovair. I schi sa trattea da ses dovairs, schi piglea el quai fich serius! El d'era al guardiaun dal taimpal sonch, respusabal par la survegliaunza da l'areal dal taimpal, la sajürtà das abitaunts i da s-chachar intrus chi nu vean pers là nüglia. Sco ultim, i plü importaunt, d'eri ses dovair, da surdar mincha di as cumonds da Dieu a ses patrun, al signur dal taimpal.

Sco scha'l nu tukess al fond, sgolea l'aungal sün ses veicul glüschaint sur la via vers el. Ses chavês jelgs, sco uondas aint il vent. Senza rallentar ha'l büttà la rolla cus cumonds da Dieu vers el. Cun schlantsch ha Putsch tschüff la rolla senza ch'ella crodess par terra, i ta l'ha portada tras üna porta laterala a l'interiur dal taimpal.

Dadaint d'eri adüna bê chad. As abitaunts dal taimpal d'eran tots schon aint illa sala gronda intuorn l'alter. Al signur dal taimpal spettea sün el. Sco mincha di ha Putsch deponà la rolla davaunt ses signur. Quel ha tut la rolla, ha rot al sigil chi tilla tegnea serrada, id ha cumainzà da lear as cumonds divins, intaunt cha las donaziuns gnian consümadas. Er Putsch clappea sia part, mo el ta la stea consümar dador'al taimpal.

Cura cha'l signur dal taimpal vea glivrà da lear, plajea'l insembal al documaint i salüdond tschès abitaunts dal taimpal, s'absaintea'l par la dürada dal di, par executar as cumonds da Dieu. Sco adüna tuornea el pür do cha'l sulai vea fini ses viadi sur l'orizont.

Quist d'era par Putsch al temp al plü quet dal di. El fea ses gir obligatoric intuorn l'abitacul dal taimpal par far sia inspecziun. Tot quet hoz i ningüns intrus chi vessan da gnir s-chatschats, displaschaivalmaing. Parvida cha quai tal fea, natüralmaing nu vessa'l mai dat pro quai, amo adüna al plü grond plaschair. El tas sgaloppea ilura incunter, cun grond sbrajizzi i mossond sias armas. Quai bastea normalmaing, i ques intrus nu tuornean plü. Minchataunt però tal capitea al sbagl da s-chatschar ün visitatur autorisà. As abitaunts dal taimpal tal fean ilura trid. Mo co sa lessi disferenziar as visitatuors autorisats da ques nüglia bainvgnüts. In ün tschert möd tschüttean ques tots ora listess. Ischè s-chatschea'l simplamaing a tots, i cun ün pitschan chasti qua o là sa laschei vivar. Ses collegs, as guardiauns da tsches taimpals illa vizinaunza fean quai er ischè. I stea dimena schon esser ret in quist möd.

La saira, cur cha ses signur tuornea inò pro'l taimpal gnii darchau interessant par Putsch. El stea ilura accumpognar a ses patrun a l'exteriur da l'areal dal taimpal. Minchataunt jean es ilura tras ün god s-chür, ingiua cha Putsch tal stea parchürar da da totta sorts bes-chas rapazzas. O minchataunt visitean es er ün atar taimpal, d'ingiua ch'es pigliean ilura cun sai sachs inters, plain donaziuns. Quellas d'eran destinadas par sün l'alter pro la ceremonia da la saira.
Do quista funcziun i la consümaziun da las donaziuns leea al signur dal taimpal darchau aint illa rolla cus cumonds da Dieu par esser sajür, d'avair esegui correctamaing tot as cumonds.
Cur cha la not tendea ilura sia cuerta s-chüra sur al mond, schi d'era er la laur da Putsch fatta. El sa postea ilura darchau davaunt al taimpal, i tegnia guardia durmigliond.

As prüms razs da sulai splendurean sur las collinas i bainbod gnia'l darchau. L'aungal! Üna apparentscha chi faszinea mincha jada a

Putsch. "Ta ferma, ta ferma tauntüna üna jada i tavella cun mai...ta ferma...!" clomea'l do a l'aungal, ischè dad at sco ch'el d'era bun. Ma l'aungal nun ha dat bada al clommar disperà da Putsch i tal ha be darchau büttà incuntar la rolla cus cumonds da Dieu, id es spari, senza dir ün pled!

"Quist chaun schmaladi cun ses sbrajizzi sa stessi najaintar!" ha s'impissà al poub blond, chi portea ora las gasettas dal di mincha banura. I büttond la prossma gasetta aint il jert dal vaschin e'l it inavaunt cun ses velo...

EINE FRAGE
DES BLICKWINKELS

Er sass vor dem Tempel und wartete. Er wusste, es konnte nicht mehr lange dauern, denn es geschah jeden Tag um dieselbe Zeit. Das hatte etwas Beruhigendes. Ein tägliches Ritual. Und schliesslich gehörte es ja auch zu seinen Pflichten und mit seinen Pflichten nahm er es sehr genau! Er war der Wächter des heiligen Tempels. Unter seiner Verantwortung stand die Bewachung des gesamten Tempelareals. Ausserdem hatte er für die Sicherheit aller Tempelbewohner zu sorgen oder fremde Eindringlinge zu verjagen. Und es war seine Aufgabe, seinem Gebieter, dem Herrn des Tempels, die täglichen Anweisungen Gottes zu überbringen.

Der Engel raste auf seinem glänzenden Gefährt heran, fast schwebend, als ob er den Boden nicht berühren würde. Sein gelbes Haar wehte im Wind, und ohne zu verlangsamen warf er ihm die Rolle mit den göttlichen Anweisungen zu. Behände schnappte er sich die Schriftrolle und brachte sie durch eine Seitentüre des Tempels ins Innere.

Drinnen war es immer schön warm. Die Tempelbewohner waren alle schon in der Opferhalle, und sein Herr wartete auf ihn. Wie jeden Tag legte Putsch ihm die Schriftrolle zu Füssen. Sein Gebieter nahm die Schriftrolle auf, brach das Siegel und entfaltete das Schriftstück. Es wurde ruhig. Der Herr des Tempels las still Gottes tägliche Anweisungen, während die Opfergaben verspeist wurden. Auch Putsch bekam seinen Anteil, den er jedoch draussen, vor dem Tempel verzehren musste.

Als sein Herr mit Lesen fertig war, faltete er Gottes Anweisungen zusammen und verabschiedete sich von den anderen Tempelbewohnern. Er würde sich jetzt entfernen um Gottes Befehle auszuführen und erst wiederkommen, wenn die Dämmerung einbreche.

Dies war für Putsch die ruhige Zeit des Tages. Er drehte seine obligatorische Runde um das Tempelgebäude und inspizierte das Gelände. Keine besonderen Vorkommnisse. Heute musste er auch keine Eindringlinge vertreiben, leider. Denn das machte ihm im Geheimen doch am meisten Spass. Er rannte dann laut brüllend auf sie zu, um ihnen einen gehörigen Schrecken einzujagen. Das genügte meistens und die Störenfriede kamen nicht wieder. Manchmal unterlief ihm aber auch der Fehler einen Gastbesucher des Tempels zu vertreiben. Er wurde dann von den Tempelbewohnern gerügt. Wie sollte man aber auch die willkommenen von den unwillkommenen unterscheiden? Sie sahen irgendwie doch alle gleich aus! Also vertrieb er einfach alle, und mit einer kleinen Strafe dann und wann liess sich leben...seine Kollegen, die Wächter der anderen Tempel in diesem Tempelbezirk hielten es auch so. Es musste demnach schon seine Richtigkeit haben.

Am Abend, wenn sein Gebieter zum Tempel zurückkehrte, wurde es für Putsch interessant, ja manchmal sogar aufregend. Er musste seinen Herrn dann meistens auf einer Aussenmission begleiten. Sie gingen dann raus, manchmal in den dunklen Wald, wo Putsch ihn vor allerlei wildem Getier schützen musste, oder in einen anderen Tempel, von wo sein Herr dann ganze Säcke voll Opferspeisen mitnahm, die für das abendliche Ritual bestimmt sein würden. Später, nach dem Verzehr der Opferspeisen, las der Herr des Tempels dann wieder in seiner Schrift, um sich zu vergewissern, dass er auch alle Befehle Gottes ausgeführt habe. Wenn die Dunkelheit hereinbrach, war dann auch Putsch's Tagewerk getan, und er setzte sich dann wieder vor den Tempel, um dösend Wache zu halten.

Die Sonne ging am Horizont auf, und bald würde er wieder kommen, der Engel, dessen Anblick Putsch jedes Mal von Neuem entzückte. „Halt, halt an, so halte doch an und sprich mit mir...", rief er dem Engel zu, so laut er nur konnte. Aber dieser warf ihm wieder ohne inne zu halten Gottes Schriftrolle zu und schwebte von dannen...

„Den kläffenden Köter sollte man ertränken", dachte sich der blonde Zeitungsjunge auf seinem Fahrrad und warf die Morgenzeitung in den Garten des nächsten Hauses...

CRUSCHADA

Jau stun sülla cruschada,
ingiu'las vias faun müdada.
Üna main'a la furtüna, ün'al falimaint,
ün'a l'aventüra, id ün'in l'incuntschaint.

Sun it schon bleras vias,
vias stippas, vias strettas.
Be da rar stradas gulivas
i nügl'adüna quellas rettas.

Jau stun sülla cruschada.
Üna maina i'l futur, üna i'l preschaint,
ün'in paradis, id ün'in l'incuntschaint.

Tot las stortas nu n'hai tschüff,
sün stizzis ats i senza saiv.
Sun crodà, darchau stat sü,
accumpli n'hai mia plaiv.

Jau stun sülla cruschada.
Üna maina aint il merit, üna i'l vanimaint,
ün'a la ruina, id ün'in l'incuntschaint.

Sun it schon bleras vias,
na da mai tschernü, las grevas.
N'ha fat quai cha tschês m'haun dit,
füss plü jent it quellas levas.

Jau stun sülla cruschada.
Üna maina vers a tai, aint i'l sulai
id in ün mond cuntaint…id ün'in l'incuntschaint.

AL TUNNEL DAL VEREINA

I d'eran üna jada...

...dudesch nanins. Es vean üna chaïna a Sagliains, sper al cumün da Susch. Da banura bod fin saira tard laurean es aint in lur miniera dad ar. Tot l'ar ch'es chattean, metteni aint in üna gronda chaista chi d'era zoppada aint in ün cuval sur lur chaïna. Be la dumengia fean es libar, par ir a far visita a lur nona Verena chi stea a Selfranga pro'l cumün da Clastra.

Parquai stean es ir mincha jada a pè sur al pass dal Flüela. Quai d'era üna via staintusa i privlusa. Da stà parvida das lufs, uors o das laders, i d'inviern parvida da la naiv ata, al frai i las lavinas. Mo id es ledscha pro's nanins, chi stolan mincha dumengia ir a far visita a lur nona. Es nu fean quai er nüglia invidas, parvida ch'es vean boccar jent a lur nona. Id ischè, bel o trid taimp, temporals o glatscheras, fean es minch'emna quist viadi privlus.

Blers ons sun passats, i noss nanis sun gnits adüna plü vegls. Far mincha dumengia quista via staintusa tas fea adüna daplü fadia. Ün di, intaunt chi d'eran vi dal maingiar tschaina aint in lur chaïna, discuteni tauntar dad es chai chi füss da far.

Fin cha Finzu, al nanin al plü juan, ha tegni üna idea: "Taiclai mes frars. Nu laurain tot emna, mincha di aint in nossa miniera, id hain gronda experienza da chavar foras. Co füssi scha nu chavessan ün tunnel tras al munt, fin pro la chamona da nona. Ischè vessni bler plü lev, i füssan amo plü svelts pro ella la dumengia".

Tot as nanins d'eran da l'avis cha quist füss propi üna buna idea. Insembal hauni ilura decis da cumainzar dalunga da chavar al tunnel.

Cun pic i pala, sco ch'es d'eran düsats, hauni chavà set ons, set mais, set emnas, set dis, set uras, set minuts i set secundas, fin chi sun rivits da tschella vart dal munt. Parvida ch'es d'eran stats ischè lönch sot terra a chavar, nu d'eran lur ögls plü düsats vi dal cler dal di. Parquai hai dürà üna buna pezza fin ch'es s'haun darchau düsats vi dal cler. Mo cha surpraisa! Quia ailch nu podea essar ret. Al cumün ingiua ch'es d'eran rivits ora cun lur tunnel nu d'era quel da Clastra. Na, i d'era al cumün da Soncha Maria in Val Müstair!

Chai d'era it fas? Do lunga discussiun i stüdi da lur plans, hauni ilura chattà ora chai chi d'era it tort. Es vean tegni sotsura al plan da construcziun, i parquai veni chavà da la fasa vart! Invezzi da chavar sot al pass dal Flüela, hauni chavà sot al pass dal Fuorn. Precis in tschella direcziun!

Chai far? D'era ossa la dumonda. La nona d'era da tschella vart i spettea. I nu tas es restà nüglia atar, co da tuornar inò a Sagliains i da cumainzar da chavar danovamaing. Quista jada da la retta vart.

Cun pic i pala, sco ch'es d'eran düsats, hauni ilura chavà amo üna jada set ons, set mais, set emnas, set dis, set uras, set minuts i set secundas, fin chi sun rivits da tschella vart dal munt. I parvida ch'es d'eran stats ischè lönch sot terra a chavar, nu d'eran lur ögls plü düsats vi dal cler dal di. Parquai hai dürà üna buna pezza fin ch'es s'haun darchau düsats vi dal cler.

Nona Verena sezzea davaunt sia chamona, cur ch'ella ha vis a gnir as dudesch nanins or dal tunnel nov. Es haun ilura fat üna gronda festa i fin lönch aint illa not sa daldei al sclingiar das majöls id al chauntar.

Da la davent haun as nanins dovrà blers ons a la lunga lur tunnel par ir a far visita a lur nona. Mo er scha's nanins vegnan bler plü vegls sco nu umauns, er es stolan morar üna jada. I cur cha nona Verena es ilura morta haun as nanins ta la sepuli a Selfranga sot ün vegl, vegl dschembar. Es d'eran ischè trists chi vean pers lur nona cha da quel di davent nun haun es mâ plü dovrà al tunnel. I cur cha er as nanins sun ilura morts, s'hai imblüdà al tunnel, i las foras d'entrada sun creschüdas aint cun frus-chers i bos-cha, o sun crodadas insembel i gnidas cuernadas.

Blers ons plü tard ha ilura ün puob da Susch, chi joea aint il god da Sagliains, chattà par cas l'entrada dal tunnel das nanins. Ques da Susch haun ilura miss jò binaris par laschar ir tras al tren, par cha la gliaud riva plü svelt in Engiadina. Par onur da la nona Verena, par la quala cha quist tunnel es gni fabrichà, haun es tal dat nom: "Tunnel da Vereina"

La chaista cun l'ar das nanins nun hauni mâ chattà, ma tras as raps cha la glieud paja par ir tras al tunnel cul tren, sun es gnits ischè richs, sco schi vessan chattà al s-chazzi das nanins.

L'entrada dal tunnel chi maina tras al pass dal Fuorn nun ha amo chattà ningün. A Soncha Maria sa vezzi amo al rest dad ün toc dal tunnel da Verena. Là es er amo scrit sü al nom. Forsa cha üna jada, inchün chattarà l'entrada, ischè cha er as abitaunts da la Val Müstair clapparaun finalmaing lur tunnel…

DIE GESCHICHTE DES VEREINATUNNELS

Es waren einmal...

...zwölf Zwerge. Sie wohnten in einem kleinen Häuschen in Sagliains, am Rande des Dorfes Susch. Vom frühen Morgen bis spät abends arbeiteten sie in ihrem Goldbergwerk. Alles Gold, das sie fanden, bewahrten sie in einer grossen eisernen Kiste auf, die sie in einer Höhle über ihrem Häuschen versteckt hielten. Nur am Sonntag arbeiteten sie nicht. Denn an jenem Tag gingen sie ihre Grossmutter besuchen, die in Selfranga bei Klosters wohnte.

Dafür mussten sie jedes Mal zu Fuss über den Flüelapass. Das war ein beschwerlicher und gefährlicher Weg. Im Sommer wegen den Wölfen, Bären und Banditen, im Winter wegen der Kälte, dem Schnee und den Lawinen.

Es ist aber Gesetz bei den Zwergen, dass sie jeden Sonntag ihre Grossmutter besuchen müssen. So unternahmen sie jede Woche bei Regen, Sturm oder Sonnenschein diese schwierige Reise. Sie taten dies nicht ungern, denn sie hatten ihre Grossmutter sehr lieb. Viele Jahre vergingen und unsere zwölf Zwerge wurden immer älter. Jeden Sonntag diese beschwerliche Reise zu unternehmen, bereitete ihnen immer mehr Mühe. Darum berieten sie eines Tages, als sie in ihrem Häuschen zu Abend assen, was zu tun sei.

Finzu, der jüngste unter ihnen, hatte eine Idee: „Hört, liebe Brüder: Wir arbeiten schon seit vielen Jahren unter der Erde und haben mit Graben grosse Erfahrung. Wir könnten einen Tunnel durch den Berg graben, von unserem Häuschen bis zu demjenigen unserer Grossmutter. So hätten wir es am Sonntag viel leichter, das Wetter könnte uns nichts mehr anhaben und wir wären erst noch schneller da".

Alle Zwerge waren der Meinung, dass dies wirklich eine gute Idee sei. So beschlossen sie den Tunnel zu bauen.

Mit Hacke und Schaufel, so wie sie es gewohnt waren, gruben sie sieben Jahre, sieben Monate, sieben Wochen, sieben Tage, sieben

Stunden, sieben Minuten und sieben Sekunden, bis sie auf der anderen Seite des Berges wieder herauskamen. Weil sie so lange unter der Erde gegraben hatten, waren ihre Augen die Helligkeit des Tages nicht mehr gewohnt und es dauerte eine Weile, bis sie sich wieder an das Licht gewöhnt hatten. Aber welch ein Schrecken! Etwas war hier falsch. Das Dorf, vor dem sie standen, war nicht Klosters, nein, es war das Dorf Sta.Maria im Val Müstair! Was war passiert? Nach langem Suchen und Studium der Pläne fanden sie heraus, was falsch gelaufen war. Sie hatten den Plan für den Tunnel verkehrt herum gehalten und darum in die falsche Richtung gegraben. Statt durch den Flüelapass hatten sie unter dem Ofenpass ihren Tunnel gebaut. Genau in die entgegen gesetzte Richtung.

Was jetzt? Das war die grosse Frage. Die Grossmutter sass in ihrem Häuschen in Selfranga und wartete auf sie. Es blieb ihnen also nichts anderes übrig als zurückzukehren und von neuem mit Graben anzufangen. Diesmal in die richtige Richtung unter den Flüelapass.

Mit Hacke und Schaufel, so wie sie es gewohnt waren, gruben sie wieder sieben Jahre, sieben Monate, sieben Wochen, sieben Tage, sieben Stunden, sieben Minuten und sieben Sekunden, bis sie auf der anderen Seite des Berges herauskamen. Weil sie so lange unter der Erde gegraben hatten, waren ihre Augen die Helligkeit des Tages nicht mehr gewohnt und es dauerte eine Weile, bis sie sich wieder an das Licht gewöhnt hatten.

Die Grossmutter sass auf ihrem Schaukelstuhl vor ihrem Häuschen, als sie sah, wie die zwölf Zwerge aus dem neuen Tunnel zu ihr herunterkamen. Die Freude war riesig und sie veranstalteten ein grosses Fest. Bis tief in die Nacht hörte man ihre Lieder, fröhliche Stimmen und das Klirren der Gläser.

Von da an benützten die Zwerge viele Jahre lang ihren Tunnel um die Grossmutter zu besuchen. Aber auch wenn Zwerge viel, viel älter als wir Menschen werden, müssen auch sie eines Tages sterben. Und als Grossmutter Verena dann starb, begruben die Zwerge sie unter einer alten Arve in Selfranga. Sie waren wegen des Todes ihrer lieben Grossmutter so traurig, dass sie von da an den Tunnel nie mehr betreten haben. Als viele Jahre später dann auch die Zwerge gestorben waren, geriet der Tunnel in Vergessenheit. Die Eingänge des Tunnels sind mit Sträuchern und Bäumen eingewachsen oder durch Geröll verschüttet worden.

Viele Jahre später fand dann ein Junge von Susch beim Spielen im Wald durch Zufall wieder den Eingang des Zwergentunnels.

Die Einwohner von Susch haben dann Zugschienen in den Tunnel gelegt, damit die Bahn durchfahren kann und die Menschen schneller und bequemer ins Engadin gelangen können. Zu Ehren der Grossmutter Verena, für die der Tunnel einst gebaut wurde, tauften sie diesen auf den Namen: „Vereinatunnel."

Die Schatzkiste mit dem Zwergengold wurde nie gefunden. Aber durch das Geld, das die Menschen für die Durchfahrt des Tunnels zahlen, wurden die Engadiner so reich, als hätten sie den Goldschatz gefunden.

Die Eingänge des Tunnels unter dem Ofenpass hat noch niemand wiederentdeckt. Mitten im Dorf Sta.Maria sieht man aber noch einen übriggebliebenen Rest des Tunnels. Dort steht der Name der Zwergengrossmutter Verena auch noch aufgeschrieben. Vielleicht wird irgendwann jemand auch wieder den Eingang des Ofenbergtunnels finden, so dass dann auch die Münstertaler endlich ihren Tunnel bekommen...

AL S-CHAZI DAS FRANCES

A la fin dal saideschaval tschientiner cumbattean las armadas das Austriacs cuntar as Frances. As Austriacs lean cha'l Grischun, chi d'era fin là amo il stadi independent da las trais lias, jess insembal cun es. As Frances lean cha'l s'uniss alla republica Elvetica. Mincha partida lea mantegnar al pajais das Grischs sot sia influenza. As cumbats jean via i naun. Üna jada vea üna partida la suramaun, üna jada tschella.

I d'era l'inviern da l'on 1799. Las truppas francesas dal general Dessalles d'eran staziunadas in Val Müstair. Si'armada d'era fomantada i privada da tot al proviant. Tot al necessari stea gnir furni das cumüns. Mual, farina, bavrondas i büschmainta gnia requirida cun imnatschas i maltrattamaints. Saivs id edifizis gnian demolits senza resguard par avair legna da fö. Implü stea la populaziun er amo servir la suldatesca par transports, far vias i repars, o sco guidas.

Sot Dessalles servea er ün juan tenent. El gnia da la città da Lyon i vea nom Jacques Lambard. Ad el sottastean as suldats chi vean quartier a Müstair. Jacques vea al cor al ret lö. El vezzea sco cha's abitaunts pateschean sot as saccagis i proea da tegnar inò ses suldats taunt sco pussibal. Es dovrean bain las provistas, mo al tenent vea cumondà a sias truppas, da laschar amo a mincha famiglia almain ischè bler, cha er es possan survivar. Implü vea'l severamaing scumondà da maltrattar la populaziun senza raschun.

Quist vea tal portà la stima da tot as abitaunts da Müstair. Parquai vea üna saira al president da cumün tal invidà pro sai a tschaina. Al past nu d'era ischè abundaunt, parvida cha er sia spensa vea subì la visita das Frances. Mo sia donna i sia figlia vean sa dat fadia da sporschar al plü bun pussibal.

Al tenent sezzea vi da la maisa da stüa cul president i sia donna. Annina, la figlia, vea sura da servir la tschaina. Cur cha Jacques Lambard ha vis ad Annina, co ch'ella gnia aint in stüa culla schoppa, ha'l talla tschüttà aint i's ögls i vess bod laschà crodar al majöl vin ch'el vea jüsta in maun.

L'amur t'al vea tuc sco ün starlitsch! Amo mâ in sia vita nu vea'l inscuntrà üna juvna ischè bella id amabla. Annina vezzea co cha'l tenent ta la tschüttea id es gnida tot cotschna in vista. Er ella s'incorschea chi d'era ailch tauntar es duoi, mo Annina d'era tmücha i nu sa fidea bod gnanca da dazzar as ögls.

As genituors vean er s'incort, cha ailch d'era capità. Es nu savean scha quai füss bun o nasch. Mo es vean cunfidaunza aint i'l juan tenent i nun haun dit nüglia.

Da quel di davent, d'era Jacques ün jast frequaint in chà dal president. Er Annina respondea si'amur i bainbod d'eran es ün pêrin. Mo sur quist'amur sumbrivea la nüvla naira da la guerra. Vessan es padü avair ün futur?

Parvida da tot quistas intschertezzas, jaldean es mincha mumaint ch'es padean essar insembal. Es jean bler a spass i lur lö preferi d'era la senda chi maina vers Pisch. Es sa tegnean ilura pal maun i chaminond ün sper tschel sa quinteni sot vusch quellas robas, cha's inamurats sün tot al mond sa quintan schon daspö l'aurora das temps.

Quai ch'es nu savean: Aint a Pisch nu d'erni sulets. Öglins clers tas observean, sco chi jean, ün sper tschel, lung la via vers la cascada. Aint in ün cuval, da la vart schnestra, be pac sur la senda, vean dialas lur dmura. Quistas donninas finas i bellas cus chavès calur ar id as pês da chavra stean là schon daspö millis dad ons. Ellas vivean zond retrat i gnian ora be da not, cur cha ningün nu tallas vezzea.

Las dialas tschüttean do mincha di a'l bel pêrin, co chi gnian speravia. Ellas vean grond plaschair da quista grond'amur ischè püra i profonda. I d'eran ischè inchauntadas, chi splattean aint is mauns i riean dal plaschair. Parquai nun esi it lönch fin cha Annina i Jacques tallas haun scuvert. Es sun gnits svelta amis da las dialas. Adüna, cur chi passean par là, tavelleni ilura ün pêr pleds insembal i, er parvida cha las dialas sun boccar bondariusas, tallas quintean es las noas dal cumün.

Sco in tot las armadas da quel temp, d'eri üsit er ill'armada das frances, chi gnia fat butin. Id es cler, cha's ufficials clappean la gronda part. Ischè vea er al tenent Lambard cun sai üna chaista plain ar, arjent i clinöz. Tot roba chi d'era gnida insembal sco butin da las battaglias passadas in quista guerra.

L'armada das Austriacs gnia sü dal Vnuost i Jacques d'era tschert chi dess üna gronda battaglia. Annina id el d'eran trists, parvida chi savean cha lur temp insembal jea a fin. Jacques d'era suldà i la battaglia vicina.

Es haun s'impromiss amur eterna i Jacques ha jürà ad Annina ch'el tuorness par ella, dalunga cur cha quista guerra infama füss a fin. El savea, ch'el nu vess padü tor cun sai la chaista cun sias richezzas in battaglia. Ischè ha'l dezis da talla zoppar, par talla gnir pardo do la guerra. Cun ques raps vessan el id Annina ilura padü fondar üna famiglia i vivar senza pissers.

Cha lö füss stat plü adat par quai co la chavorgia da Pisch, ingiua ch'es vean passantà ischè bellas uras?

In üna not da glüna plaina ha'l tut sia chaista id üna pala id es it vers Pisch. Là ha'l sa chertschà üna gronda pedra, ch'el d'era sajür da tschattar darchau plü tard id ha cumainzà a chavar.

Las dialas tal haun duldi laurar i sun gnidas naun par tschüttar chai ch'el fa. Jacques ha quintà ses intent a sias amidas dialas i quellas tal haun impromiss da far guardia da ses s-chazi, fin ch'el tuorna darchau pardo par quel. Jacques ha ringrazià fich a las dialas id ha tut cumgià.

I d'era la banura das quattar avrigl 1799 cur cha las armadas da l'Austria i da la Frauncha sa stean ögl in ögl, sül plaun pro Ravera sot al cumün da Tuar. As austriacs haun attachà in forzas as repars frances. Ques haun, bainschi cumbattond cun fervur stü sa retrar id haun ilura sa fortifichà aint il santeri da Müstair. As Austriacs però vean daplü chanuns ischè cha's Frances haun, do grondas perditas, stü dar sü er quel post. La battaglia es it inavaut tottadi, cun cumbats saunguinus vi'n Spinai, pro la punt da Chasseras id aint a Sielva. Fin saira vea al general austriac Bellegarde rebüttà l'armada dal general Dessalles fin aint a Tschierv, ingiua chi restettan.

Blers cumbattants sun morts. Be aint il santeri da Müstair haun as abitaunts da Müstair dumbrà traitschient suldats frances morts in battaglia. Er Annina es ida a tschüttar. Ella d'era disperada i vea temma par ses amà.

Aint illa sumbriva dal cucler da la baselgia da Son Jon ha'la ilura viss al corp d'ün suldà frances ill'uniforma d'ün ufficial. Cun grond pissers è'la ida via sper el id al mumaint ch'ella ha vis la vista da quist mort, talla es rot al cor. Al tenent Jacques Lambard vea chattà la mort sül chomp da battaglia, trafitschà d'üna spada austriaca. El es gni sepuli là, sper al mür dal santeri.

L'armada inimia es in seguit passada saccagiond i desdrüond tras tot la val. Gronda miseria es gnida sur as cumüns i la gliaud d'era disperada. Annina però nu pigliea part a nüglia. Blers dis ha'la sa serrà aint. Ella nu vea plü larmas i nu lea plü vezzar a ningün. Ses amà d'era mort i par ella nu vea la vita sco fin quà plü ningün sen. Ischè s'ha Annina decis dad ir in clastra i da dedichar sia vita a Nussegnar.

Düraunt as prossams ons sun amo bleras armadas passadas tras la Val Müstair. Ningüna da quellas nun ha portà ailch bun, ma tottas haun fat dons id haun laschà inò ün pa daplü tristezza i disperaziun.

Las dialas d'eran creatüras sensiblas i tot quistas interperias i travasch tallas d'eran massa bler. Bainbod haun ellas ilura bandunà lur cuval aint a Pisch i sun passadas. Ningün nun ha mai plü tallas vis. Cun sai hauni er tut al savair dal lö, ingiua cha'l s-chazi dal tenent frances es gni zoppà.

Er Annina es morta, blers ons plü tard, sco sor illa clastra da Müstair. Ischè lönch cha'la vivea, nun es mai plü sgolà ün surriar sur sia vista. Be aint il mumaint da sia mort, cur cha si'orma es salida vers tschêl ha'la suspürà al nom da quel, chi par ün cuort mumaint, es stat la glüm da sia vita. Sia vista es gnida seraina sco sch'ella vess darchau chattà a ses Jacques, chi spettea schon dalönch, là, sün ella.

Blers haun chertschà al s-chazi das frances. Mo ningün nu tal ha amo scuvert. L'es amo adüna là i spetta da gnir chattà. Forsa d'ün pêrin chi s'ama…

cus
ter per
i Lombardi
V. G. Verdi ✗

Franz ritter A.

P. MRSE
2006

DER SCHATZ
DER FRANZOSEN

Ende des sechzehnten Jahrhunderts herrschte Krieg zwischen Österreich und Frankreich. Die Österreicher wollten, dass Graubünden, das zu dieser Zeit noch ein unabhängiger Staat war, unter ihrem Einfluss bliebe. Napoleon aber verlangte, dass es sich der Helvetischen Republik anschliesse. Die Kämpfe gingen hin und her. Einmal hatte die eine Partei die Oberhand, einmal die andere. Es war im Winter 1799. Die französischen Truppen unter General Dessalles waren im Val Müstair stationiert. Seiner Armee fehlte es an allem. Sie waren hungrig und hatten keinen Proviant. Alles was sie benötigten, musste von den Gemeinden des Tales gestellt werden. Vieh, Mehl, Getränke und Kleidung wurden unter Drohungen und Gewaltanwendung requiriert. Zäune und Bauten wurden ohne Rücksicht, des Holzes wegen, zerstört. Zudem musste die Bevölkerung der Soldateska auch noch als Arbeitskräfte oder als Führer zu Diensten sein.

Unter Dessalles diente auch ein junger Leutnant. Er kam aus Lyon und hiess Jacques Lambard. Ihm unterstanden die Soldaten, die im Dorf Müstair Quartier bezogen hatten. Jacques war ein Mensch mit dem Herzen am rechten Fleck. Er sah, wie die Bewohner des Dorfes unter den Plünderungen litten und versuchte, seine Truppen so gut es ging zurückzuhalten. Wohl brauchten sie die Lebensmittel, aber der Leutnant hatte befohlen, jeder Familie wenigstens so viel zu lassen, dass auch sie überleben konnten. Zudem hatte er unter Strafe angeordnet, die Leute nicht ohne Grund zu schikanieren.

All dies hatte ihm die Achtung der Bewohner des Dorfes eingebracht. Um ihm dafür Dank zu erweisen, lud ihn der Gemeindevorsteher zu einem Abendessen in seinem Hause ein. Es war kein reiches Mahl, denn die Franzosen hatten auch seine Speisekammer nicht verschont. Aber seine Frau und seine Tochter hatten alles versucht, um doch etwas Gutes auf den Tisch zu zaubern.

Der Leutnant sass mit dem Gemeindevorsteher und seiner Frau in dessen Stube zu Tisch. Annina, die Tochter, hatte das Essen zu servieren. Als Jacques Lambard Annina sah, wie sie mit der Suppenschüssel in ihren Händen in die Stube trat, sah er ihr in die Augen und hätte fast das Weinglas, das er eben in der Hand hielt, fallen lassen.

Die Liebe traf ihn wie ein Blitzschlag! Noch nie in seinem Leben hatte er ein solch schönes und liebliches Mädchen erblickt! Annina sah, wie der Leutnant sie anschaute und wurde ganz rot im Gesicht. Auch sie spürte, dass etwas zwischen ihnen war, aber sie war schüchtern und getraute sich fast nicht den Blick zu heben.

Die Eltern bemerkten wohl was vor sich ging. Sie wussten nicht, ob dies gut oder schlecht sei. Aber sie vertrauten dem jungen Leutnant und sagten nichts.

Seit diesem Tage war Jacques ein häufiger Gast im Hause des Gemeindevorstands. Annina erwiderte seine Liebe und bald wurden sie ein Paar. Über dieser Liebe aber schwebte drohend die schwarze Wolke des Krieges. Könnten sie je eine Zukunft haben? Wegen all dieser Ungewissheiten genossen sie jeden Augenblick, den sie zusammen verbringen konnten. Sie gingen gemeinsam spazieren und ihr Weg führte sie oft auf den Pfad, der Richtung Pisch führt. Sie hielten sich dann bei den Händen und erzählten einander flüsternd dieselben Dinge, welche sich Verliebte seit Beginn der Zeiten immer wieder sagen.

Was sie jedoch nicht wussten: Bei Pisch waren sie nicht alleine! Helle Äuglein folgten ihnen, wie sie nebeneinander den Weg hinauf zum Wasserfall schritten. In einer Höhle, auf der linken Seite, etwas über dem Weg, hatten Dialen ihre Bleibe. Diese schönen Waldfeen mit dem goldenen Haar und den Ziegenfüssen wohnten schon seit Tausenden von Jahren dort. Sie lebten sehr zurückgezogen und verliessen ihre Höhle nur nachts, wenn sie niemand sah.

Jeden Tag beobachteten sie das Liebespaar, wie es bei ihnen vorbeischritt. Sie hatten Freude an dieser so grossen und reinen Liebe. Und sie waren so begeistert davon, dass sie vor Aufregung in die Hände klatschten und vor Freude lachten. Darum dauerte es nicht lange, bis sie Annina und Jacques entdeckten. Sie wurden schnell Freunde der Dialen. Immer wenn sie bei ihnen vorbeikamen, wechselten sie dann ein paar Worte miteinander und weil Dialen sehr neugierige Geschöpfe sind, erzählten sie ihnen die Neuigkeiten aus dem Dorf.

Wie in allen Armeen dieser Zeit war es auch in der französischen Brauch, Beute zu machen. Es ist selbstverständlich, dass die Offiziere das Meiste davon abbekamen. Darum hatte auch Leutnant Lambard eine grosse Kiste voller Gold, Silber und Schmuck. Alles Dinge, die durch die vergangenen Schlachten dieses Krieges zusammengekommen waren.

Die österreichische Armee kam das Vinschgau hinaufmarschiert und Jacques war sich sicher, dass es bald eine grosse Schlacht geben würde. Annina und er waren traurig, denn sie wussten, dass ihre gemeinsame Zeit bald zu Ende sein würde. Denn Jacques war Soldat und musste seine Pflicht erfüllen.

Sie schworen einander ewige Liebe. Jacques versprach Annina, dass er sie holen kommen würde, sobald dieser unglückselige Krieg vorbei wäre. Er wusste, dass er die Kiste mit seinen Reichtümern nicht mit in die Schlacht mitnehmen könnte. So beschloss er, diese gut zu verstecken, um sie nach dem Kriege wieder zu holen. Mit diesem Geld wollten er und Annina eine Familie gründen und sie würden dann ein sorgloses Leben haben. Welcher Ort wäre für dieses Ansinnen besser geeignet gewesen als die Schlucht bei Pisch, wo sie so schöne Stunden verlebt hatten?

In einer Vollmondnacht nahm er seine Kiste und eine Schaufel und begab sich Richtung Pisch. Dort suchte er sich einen grossen Felsbrocken aus, den er später sicher wieder erkennen würde und begann zu graben.

Die Dialen hörten ihn arbeiten und kamen herbei um zu sehen, was er treibe. Jacques erzählte seinen Freundinnen, was er vorhatte, und diese versprachen ihm den Schatz zu beschützen, bis er wiederkäme um ihn zu bergen. Jacques bedankte sich von Herzen und nahm Abschied.

Es war am Morgen des vierten Aprils 1799, als sich die beiden Armeen auf dem Feld unter dem Dorf Taufers, bei Rifair, Aug in Aug gegenüberstanden. Die Österreicher griffen die französischen Stellungen in voller Stärke an. Diese wurden, trotz erbitterter Gegenwehr, von diesem Angriff überrannt und verschanzten sich dann im Friedhof von Müstair. Die Österreicher aber hatten mehr Kanonen und zwangen mit ihrer Artillerie die Franzosen, nach verlustreichen Kämpfen auch diesen Posten aufzugeben. Die Schlacht dauerte den ganzen Tag. Blutige Kämpfe fanden bei Spinai, bei der Brücke von Chasseras und bei Sielva statt. Bis am Abend hatte der österreichische General Bellegarde Dessalles' Armee bis Tschierv zurückgeschlagen, wo sie dann blieben.

Viele starben an diesem Tage. Nur im Friedhof von Müstair zählte man über dreihundert gefallene französische Soldaten. Auch Annina ging nachschauen. Sie war verzweifelt und bangte um ihren Liebsten.

Im Schatten des Glockenturms der Kirche St.Johann entdeckte sie den Körper eines gefallenen Soldaten, der die französische Offiziersuniform trug. Voller Sorge ging sie zu ihm hin und als sie in das Gesicht des Toten sah, zerbrach ihr Herz. Der Leutnant Jacques Lambard hatte auf dem Schlachtfeld, von einem österreichischen Degen durchbohrt, sein Leben verloren. Er wurde dort, neben der Friedhofsmauer begraben.

Die feindliche Armee zog darauf plündernd und brandschatzend durch das ganze Tal. Grosses Unglück kam über die Dörfer und die Menschen waren verzweifelt. Annina aber nahm an den Geschehnissen keinen Anteil. Viele Tage zog sie sich zurück und schloss sich ein. Sie hatte keine Tränen mehr und wollte niemanden sehen. Ihr Leben wie bis anhin hatte für sie jeden Sinn verloren. So entschloss sie sich ins Kloster zu gehen, um ihr Leben Gott zu weihen.

Während der nächsten Jahre zogen noch zahlreiche Armeen durch das Val Müstair. Keine brachte Gutes, aber alle liessen Zerstörung und Leid zurück.
Die Dialen waren scheue Geschöpfe und all diese Kämpfe und das Kommen und Gehen war ihnen zuviel. Bald verliessen sie ihre Höhle bei Pisch und wurden seitdem nie mehr gesehen. Mit sich nahmen sie auch das Wissen um das Versteck des Schatzes der Franzosen.
Auch Annina starb viele Jahre später als Nonne im Kloster von Müstair. Solange sie lebte, hatte nie wieder ein Lächeln ihren Mund gestreift. Nur im Augenblick des Todes, als ihre Seele gen Himmel stieg, hauchte sie den Namen dessen, der für kurze Zeit das Licht ihres Lebens gewesen war. Ihr Gesicht erstrahlte, als wenn sie ihren Jacques wieder gefunden hätte, der dort, wo sie jetzt auch hinging, schon lange auf sie wartete.

Viele haben den Schatz der Franzosen gesucht. Aber niemand hat ihn je entdeckt. Er liegt noch immer dort und wartet darauf, dass er von jemandem gefunden werde. Vielleicht von einem Pärchen, das sich liebt...

AL CUDASCHIN MAGIC

Id'era üna jada...

...ün puobin da bel aspet i boccar intelligiaint cul nom Claret. El vea adüna al nas aint is cudaschs i leea mincha cudasch ch'el chattea. Ün di vea'l let tot as cudaschs chi d'eran d'intuorn, id el stüdjea chai cha'l padess far. "Al megldar füss, scha jau lauress aint in üna butia da cudaschs. Ilura padessi lear caunt cha jau less". Ha'l s'impissà, i dit quai ha'l fat fagot, id ha sa miss in viadi.

Do ün bun toc via e'l rivi in üna pitschna cità. Là è'l bainbod inscuntrà ad ün carius homin vegl, chi par cas, d'era jüsta proprietari dad üna butietta da cudaschs.

"Hai, jent posch laurar pro mai", ha'l dit. "Vè, jau ta moss mia butia".

El es it do a l'homin. Quel ta'l mainea tras las vias da la cità, i las jassas gnian adüna plü strettas i s-chüras, fin cur chi sun rivits pro l'affar da l'homin.

"Taicla", ha dit l'homin. "Tü posch imprendar pro mai al mastèr. Mo al prüm temp stosch far las laurs plü simplas. Tes dovair es da tegnar ordan in butia".

Claret sa gnia avaunt sco aint il paradis. Cudaschs ingiua cha l'ögl vezzea. El ha dit: "Hai patrun. Jau ma dun fadia da far tot a vossa cuntaintezza. Mo do la laùr, cur cha tot es in ordan, poi er lear ün cudasch o tschel?" "Cha carius giavüsch par ün puob ischè juan...Tü posch lear tot as cudaschs cha tü vosch. Cun ün'exepziun. Unicamaing quel cudaschin cotschan sü là, quel nu posch tuccar. M'impromettasch quai?" Ha dit l'homin mossond sül cudaschin, chi d'era süsom ün'ata caruna.

Claret ha impromiss sonchamaing, i garanti da bun cor, da far ischè sco cha l'homin vea dit. Quai es er it bainischam intaunt cha ses patrun d'era in butia. Gnanc'üna ögliada nun ha'l dat al cudaschin scumondà. Fin cha ses nov patrun ha stü ir davent par far ün pêr cumischiuns!

Totta pezza stea'l stüdjar vi da quist cudaschin. "Chai sarà be scrit dad ischè secret aint in quist cudaschin cotschan", s'impissea Claret. "I nu sarà bain nüglia ischè mal. Ischnà vess mes patrun jo serrà davent al cudasch. Lessi dar be üna pitschna tschüttadina?" La taintaziun tal dischea aint ill'ureglia: "Ün'ögliadina nu po far mal. Be svelta tschüttar ün païn. Dai Claret nun hasch bondar?" Mo la cunzenzia respondea da tschella vart: "Sta quetta, taintaziun. Tü sasch cha l'homin ha scumondà quai! Da letsch Claret, fa tia laur i lascha al cudaschin cotschan là ingiua cha l'es!" Mo la taintaziun d'era plü ferma, i Claret nun es stat bun da resistar.

El ha tut la s-chala, es raivà sü id ha tut jò al cudaschin scumondà. "Cha bel cudaschin", ha s'impissà Claret. "Al vierchal tot or da saida". I rivind al cudasch ha'l vis cha'l cuntegnea tot las striunarias chi pussibilteschan da sa transfuormar in chai chi sa lea, oget o bes-cha!

Tot stramì ha'l dit: "Al cudaschin dad ün striun! Mo ilura es mes patrun ün striun, i jau n'ha ses cudasch, i tot ses pudair. Ha, cha vita! Ossa nu n'hai jau plü ningüns pissers, jau po ma transfuormar in chai cha ja vögl: dragun, tschierv o dafatta ün utschè. Jau vegn a chà i moss quai a mes bap. Tschüttain üna jada: Pina, puna, paina…tüblaina": Id ha dat üna zuflada, i nos Claret ha sa transfuormà in üna bella tüblaina alba. El ha tut al cudaschin in ses pical id es sgolà vers chà.

Al tuornar sgolond es it bler plü svelt sco l'ir a pè. Bainbod ha'l vis sia chà id es sa platschà sül ur da la fanestra. Al bap es gni vaira stramì cur cha l'ha vis üna tüblaina sa transfuormar in ses figl. "Chai dischasch bap? Nu füssi bê scha tü padessasch dumaun ir sül marchà, i vendar ün bel bov?" Id al bap ha dit: „Hai quai nu füss mal. Raps nu n'hai propi nüglia vis blers l'ultim temp. Mo co less quai ir?" "Nüglia ta far pissers", ha dit Claret. "Lascha be far a mai. Be sün üna roba stosch dar letsch: Al bov varà üna cordina cotschna intuorn la claviglia. Tegna adimmaint da tor cun tai quella cordina cur cha tü hasch vendü al bov. Ischnà nu poi ma transfuormar inò, esa!"

La banura do es al bap it sül marchà cun ün bellischam bov. "Bov, bov, jau vend ün bov". Clomea al bap. Tot la gliaud admirea quist bel bov, id ün paur ha dumondà: "Caunt vosch par quist bel bov?" "Desch marenghins. Es quai massa bler?" Ha dit al bap. "Na, na. Al predsch es bun. Jau cumpr la bes-cha". Id al bap d'era cuntaint dal bun affar, ha tut jò la cordina cotschna da la jomma dal bov id es it a chà. Al paur d'era ter stut, cura cha al di do, ses bel bov nov nu d'era plü intuorn. Schabain ch'el tal vea lià ferm in stalla.
"Chai dischasch bap? Nu füssi bê scha tü podessasch ir sül marchà dumaun, i vendar ün bel chavai?" Ha dumondà Claret ilura pro la tschaina. Id al bap ha dit: „Hai quai nu füss mal". "Ilura lascha be far a mai. Be sün üna roba stosch dar letsch: Al chavai varà darchau üna cordina cotschna intuorn la claviglia. Tegna adimmaint da tor cun tai quella cordina cur cha tü hasch vendü al chavai. Ischnà nu poi ma transfuormar inò, esa!"
La banura do es al bap darchau it sül marchà, quista jada cun ün bellischam chavai. "Chavai, chavai, jau vend ün chavai". Clomea al bap. Mo tot in üna jada ha Claret vis l'homin da la butia da cudaschs da tschella vart dal marchà, i quel tal fisea guliv aint is ögls. Claret, al chavai ha cumainzà da gnir nervus i saltinea dad üna jomma sün tschella.
Al striun es gni naun pro'l bap id ha dit: "Di bun hom, tes chavai m'interessa, caunt vosch par quist bel chavai?" "Desch marenghins. Es quai massa bler?" Ha dit al bap. "Na, na. Al predsch es bun. Jau cumpr la bes-cha". Id al bap ha dit: " Bun, affar fat. Mo spetta be ün mumaintin, jau stögl amo tagliar jò quista cordina cotschna, ilura posch tor cun tai tes chavai". "Na, na. Lascha pür la cordina. Jau pai al dubal predsch scha tü laschasch sü la cordina cotschna", ha dit l'homin. Al bap ha s'impissà: "Mo bain, quai sun

bler raps. Claret, tü savarasch schon da ta randschar", id ha vendü al chavai a l'homin.

A Claret nun esi restà nüglia atar co dad ir cul striun, intaunt ch'el stüdjea co ch'el podess gnir libar da la cordina. Cur chi d'eran illa stalla ha dit l'homin: "Tü hasch ingolà mes cudaschin! Id ossa clappasch tes chasti. Tü stosch laurar par mai i trar mes char». Claret d'era disperà. "Chai lessi far ossa?", s'impissea'l. I la saira, cur cha'l famagl es gni par tal pavlar tal ha'l dit: "Psst, tü. Hasch ün curtè? Ma taglia jò la cordina cotschna da la claviglia, cha quella ma disturba!" Al famagl d'era ischè strami, cha ün chavai tavella cun el, cha'l ha dalunga taglià tras la cordina, senza sa fidar da dir ün pled. I Claret ha dit: "Falla, fulla, filla…randulina". Id ha dalunga sa transfuormà in üna randulina, chi es dalunga sgolada or da fanestra.

Mo al striun ha vis quai id ha reagi dalunga: "Tü nu ma mü-tschasch. Frar, frir, frer…sprer". Ha'l dit, id ha dalunga cumainzà da perseguitar la randulina. Claret sgolea tot quai ch'el d'era bun, mo al sprer gnia adüna plü daspera. Cur ch'el ha vis üna bella juvna aint il jert dad ün chastè, chi sezzea sper ün bügl, ha'l dit: "Unè, onè, inè…anè", id aint ill'aria s'ha'l transfuormà in ün bel anè dad ar, chi es crodà precis davaunt la juvna sül ur dal bügl.

La bella juvna d'era üna princessa i sa dea da bondar d'ingiua cha quist bel anè vegn naun, i parvida cha'l ta la plaschea, tal ha'la miss vi da ses det.

Al striun ha vis quai id ha dit: " Nüglia mal. Mo jau sa er chai far: „Lian, lean, luan...juan".

Mo el nu vea stüdjà l'andarvia cha as juans nun haun alas, i nu saun sgolar. Parquai e'l crodà sco ün crap aint i'l jert. Par furtüna ha'l sa platschà aint in ün frus-chêr. Cun ün pêr fletschs blaus è'l stat sü, ha loà sia büschmainta id es it via pro la princessa.

"S-chüsai bella juvna, i ma displascha, mo podess jau avair inò mes anè. Jau joea a trar par aria l'anè, id el es crodà aint in vos jert". I d'era propi üna s-chüsa marscha, i la princessa lea schon tal dar l'anè, ma Claret ha reagì dalunga: "Clin, clan, claun...graun". I dalunga ha'l sa transfuormà in ün graunin, cha'l vent ha tut cun sai i t'il ha zufflà aint in üna sfessa stretta dal mür da crap dal jert.

Mo al striun d'era pront: "Puccar, paccar, piccar...kiccar". I sa transfuormond in ün kiccar, lea'l piclar ora al graunin dal mür. Sün quella nun ha Claret stüdjà lönch id ha dit: "Hilp, halp, holp...vuolp". La vuolp s'ha viaut id ha coppà al kiccar cun üna morsa.

Ossa nu padea al striun plü tal far nüglia, i Claret ha stüdjà üna pezzina chai far. Ilura ha'l dit: "Ranzi, runzi, rinzi...prinzi".

Davaunt as ögls da la princessa, s'ha la vuolp müdada in ün bellischam prinzi. Quel es stat sü id es gni naun, ha miss ün schanuogl par terra davaunt ella, i tilla pigliond pal maun ha'l dit: "Princessa, tü hasch ma salvà la vita cun mettar vi da tes det quel anè. Nu vosch essar mia spusa?"

La princessa d'era ischè impreschiunada dal bel prinzi, ch'ella ha dalunga dit da schi. Es haun ilura fat üna gronda nozza i Claret ha ars al cudaschin. I schi nu sun morts, schi vivni amo adüna cuntaints i furtünats in lur chastè.

DAS ZAUBERBUCH

Es war einmal...

ein schöner und intelligenter Jüngling namens Claret. Seine liebste Beschäftigung war das Lesen. Er hatte die Nase immer zwischen den Seiten eines Buches und las alles, was er in seine Hände bekam. Eines Tages hatte er alle Bücher, die er finden konnte, gelesen. „Was nun?", überlegte er: „Das Beste wäre, ich würde in einem Bücherladen arbeiten. Dann könnte ich lesen, so viel ich möchte". Gesagt, getan. Er packte seine Siebensachen und machte sich auf den Weg.

Nach einer langen Wanderung kam er in eine kleine Stadt. Dort traf er ein kleines, altes Männlein, das, welch Zufall, Besitzer eines Bücherladens war.

„Aber gerne, du kannst heute bei mir anfangen", antwortete ihm das Männlein auf seine Frage. „Komm mit mir. Ich führe dich zu meinem Geschäft".

Er folgte seinem neuen Herrn. Die Strassen und Gassen durch die sie kamen, wurden immer enger und dunkler, bis sie endlich vor dem Bücherladen standen.

„Du kannst bei mir viel lernen. Aber zu Beginn musst du die einfacheren Arbeiten erledigen. Deine Aufgabe ist es, Ordnung im Laden zu halten, zu Wischen und Abzustauben".

Claret kam sich vor, als sei er im Paradies. Bücher wohin das Auge schaute. „Ja, Meister, ich werde alles zu Ihrer Zufriedenheit tun. Aber darf ich dann auch das eine oder andere Buch lesen, wenn ich meine Arbeit erledigt habe?", fragte er. „Welch seltsamer Wunsch für einen so jungen Burschen wie du", sagte das Männlein. „Du kannst alle Bücher lesen. Mit einer Ausnahme! Nur dieses eine rote Büchlein dort oben, das darfst du nicht anfassen. Versprichst du mir das?" Und er zeigte ganz nach oben auf ein verstaubtes Regal, wo besagtes Büchlein lag.

Claret versprach, sicher guten Willens, alles so zu tun, wie es das

Männlein angeordnet hatte. Es ging auch alles gut, solange sein Meister im Laden war. Er schaute das verbotene Büchlein kein einziges Mal an, ja dachte nicht mal daran. Bis das Männlein ausging, um ein paar Besorgungen zu erledigen und ihn allein im Laden zurückliess.

Immer wieder musste er an dieses Büchlein denken. „Was wird es wohl Geheimes enthalten?", dachte er bei sich. „So schlimm wird's wohl nicht sein. Sonst hätte er das Büchlein ja weggesperrt. Soll ich reinschauen, nur ein kleines bisschen?"

Die Versuchung sprach in sein linkes Ohr: „Ein bisschen Schauen kann sicher nicht schaden. Los Claret, wundert es dich nicht, was drinsteht?" Aber sein Gewissen meldete sich von der anderen Seite: „Du weißt, was dein Meister dir aufgetragen hat. Lass das Büchlein wo es ist und mache deine Arbeit!" Aber die Versuchung siegte und Claret konnte nicht widerstehen...

Er stieg auf die Leiter und nahm das verbotene Büchlein vom Regal. „Was für ein schönes Büchlein", dachte er, während er es anschaute. Der Umschlag war ganz aus roter Seide und es schien fast, als leuchte es. Als er es öffnete, sah er, dass es alle Zaubersprüche enthielt, die es ihm ermöglichten, sich in alles zu verwandeln, in jegliches Ding oder Lebewesen.

Er erschrak. „Ein Zauberbuch! Dann ist mein Meister also ein Zauberer! Und ich habe sein Buch und seine ganze Macht! Ha, welch ein Leben! Meine Sorgen sind vorbei. Ich kann mich verwandeln, in was ich will: in einen Drachen, einen Hirsch oder sogar in einen Vogel. Ich kehre sofort zurück nach Hause und zeige das meinem Vater. Probieren wir's mal: Hina, huna, haube...Taube".

Ein Wind blies durch den Bücherladen und Claret verwandelte sich sofort in eine schöne, weisse Taube. Er nahm das Büchlein in seinen Schnabel und flog davon.

Zurückzufliegen war viel schneller als der Hinweg zu Fuss. Bald kam sein Elternhaus in Sicht und er liess sich auf die offene Fensterbank nieder. Sein Vater erschrak und wunderte sich wahrlich, als er sah, wie eine weisse Taube sich vor seinen Augen in seinen Sohn verwandelte. „Was meinst du, Vater? Wäre es nicht schön, wenn du morgen auf dem Markt ein schönes, grosses Rind verkaufen könntest?" Und der Vater antwortete: „Das wäre wirklich nicht schlecht. Denn Geld habe ich in letzter Zeit nicht viel gesehen. Aber wie soll das gehen?" „Mach dir darum keine Sorgen", sprach Claret. „Lass mich nur machen. Nur auf eines musst du achten: Das Rind wird ein rotes Bändchen um die Ferse gebunden haben. Vergiss nicht dieses abzutrennen, wenn du das Rind verkauft hast. Sonst kann ich mich nicht zurück verwandeln. Denke daran!"

Und wirklich. Am nächsten Morgen führte der Vater ein riesiges, wunderschönes Rind auf den Markt. „Rind, Rind. Ich verkaufe ein Rind", rief der Vater. Alle Leute bewunderten das schöne Tier und ein Bauer fragte ihn: „Wie viel willst du für dein Rind?" „Zehn Goldstückchen," antwortete der Vater. „Oder ist das zu viel?" „Nein, es ist ein guter Preis. Ich kaufe", sprach der Bauer. Der Vater war glücklich über das gute Geschäft, schnitt das Bändchen von der Ferse des Rindes und ging nach Hause. Der Bauer staunte nicht schlecht, als er am nächsten Morgen seinen Stall leer vorfand. Hatte er sein neues Rind doch angebunden und alle Türen fest verschlossen.

„Was meinst du, Vater? Wäre es nicht schön, wenn du morgen auf dem Markt ein schönes, grosses Pferd verkaufen könntest?", fragte Claret beim Nachtessen. Und der Vater antwortete: „Das wäre wirklich nicht schlecht. „Dann lass mich nur machen. Nur auf eines musst du achten: Das Pferd wird wieder ein rotes Bändchen um die Ferse gebunden haben. Vergiss nicht dieses abzutrennen, wenn du das Pferd verkauft hast. Sonst kann ich mich nicht zurück verwandeln. Denke daran!"

Am darauf folgenden Morgen ging der Vater wieder auf den Markt. Diesmal mit einem wunderbaren Pferd. „Pferd, Pferd, ich verkaufe ein Pferd", rief der Vater, und alle Leute bewunderten das schöne Tier. Aber auf einmal sah Claret seinen Meister auf der anderen Seite des Marktes. Und der schaute ihm genau in die Augen! Claret, das Pferd, wurde nervös und begann zu tänzeln. Aber sein Vater hielt ihn am Geschirr fest.

Der Zauberer kam näher und sprach zum Vater: „Guter Mann, ihr Pferd interessiert mich. Wie viel möchtet ihr denn dafür haben?" „Zehn Goldstückchen", antwortete der Vater. „Oder ist das zu viel?" „Nein, nein, es ist ein guter Preis. Ich kaufe". „Gut," sagte der Vater und nahm das Geld. „Ich muss nur noch dieses Schnürchen hier an der Ferse abschneiden, und dann könnt ihr euer neues Pferd mitnehmen". „Nein lassen Sie nur. Ich bezahle Ihnen den doppelten Preis, wenn Sie das rote Bändchen dran lassen", sagte der Zauberer. Der Vater, der das Geld wirklich gut gebrauchen konnte, dachte sich: „Na ja, so viel Gold sieht man nicht alle Tage, mein Sohn wird sich schon zu helfen wissen", und verkaufte das Pferd dem alten Männchen.

Claret blieb nichts anderes übrig als dem Zauberer zu folgen, währenddessen er sich überlegte, wie er sich aus dieser misslichen Lage befreien könnte. Als sie im Stall des Zauberers angekommen waren, sagte dieser: „Du hast mein Büchlein gestohlen! Und dafür bekommst du jetzt deine Strafe: Du wirst als Pferd für mich arbeiten und meinen Karren ziehen".

Claret war verzweifelt. Was sollte er nur tun? Am Abend, als der Knecht kam um ihn zu füttern, flüsterte er: „Pssst. He du, hast du ein Messer? Schneide das Bändchen von meiner Ferse, das stört mich beim Laufen". Der Knecht war so entsetzt darüber, dass ein Pferd mit ihm sprach, dass er schnell sein Messer zog und das Bändchen abtrennte, um dann schnell das Weite zu suchen. Claret indessen sprach: „Milla, mulla, malbe...Schwalbe". Sofort verwandelte er sich in eine Schwalbe und flog aus dem Stallfenster.

Der Zauberer aber sah dies und reagierte sofort: „Du entkommst mir nicht! Inke, unke, alke...Falke". Und er verwandelte sich in einen Falken, der unverzüglich die Verfolgung der Schwalbe aufnahm. Claret flog so schell er konnte, aber der Falke kam immer näher. Er musste sich etwas einfallen lasen. Er blickte runter und sah eine junge Frau in einem grossen Garten, die auf dem Rand eines Brunnens sass und ins Wasser schaute. Er sagte: „Ing, bing, ling...Ring", und mitten in der Luft verwandelte er sich in einen goldenen Ring, der genau auf den Rand des Brunnens vor das schöne Mädchen fiel.

Die junge Frau war eine Prinzessin, und sie wunderte sich, woher dieser Ring wohl kam. Weil er ihr gefiel, steckte sie sich ihn gleich an den Finger. Der Zauberer sah dies und sagte: „Lung, lang, ling...Jüngling". In seinem Eifer aber hatte er vergessen, dass Jünglinge keine Flügel und hoch in der Luft im Allgemeinen nichts zu suchen haben. Darum fiel er runter wie ein Stein. Zu seinem Glück landete er in einem grossen Gebüsch, was seinen Aufprall etwas dämpfte. Leicht lädiert und mit ein paar blauen Flecken rappelte er sich auf, strich seine Kleider glatt und schritt hin zur Prinzessin.

„Ich bitte um Verzeihung, schöne Maid. Aber dürfte ich wohl meinen Ring wieder haben? Ich spielte mit ihm und warf ihn in die Luft. So ist er in ihrem Garten gelandet". Als Ausrede war dies ein bisschen dürftig, aber die Prinzessin wollte sich schon den Ring vom Finger streifen, als Claret sagte: „Irn, urn, orn...Korn", um sich sogleich in ein Weizenkorn zu verwandeln, das vom Winde weggeblasen wurde und in einer Spalte der steinernen Gartenmauer landete.

Der Zauberer aber war auf der Hut: „Ihn, uhn, ahn...Hahn". Sich in einen Hahn verwandelnd, wollte er mit seinem Schnabel das

Weizenkorn aus der Spalte picken. Darauf zögerte Claret nicht lange und sprach: „Ichs, achs, uchs...Fuchs". Der Fuchs wandte sich um und tötete den Hahn mit einem Biss in den Hals.

Der Zauberer war tot und konnte ihm nicht mehr schaden. Claret überlegte einen Moment und sagte: „Anz, unz, inz...Prinz". Vor den Augen der staunenden Prinzessin verwandelte er sich in einen wunderschönen Prinzen. Dieser stand auf, setzte ein Knie vor ihr auf die Erde, nahm ihre Hand in die seine, schaute ihr tief in die Augen und sagte: „Edle Prinzessin. Indem du den Ring aufnahmst und ihn dir an den Finger stecktest, hast du mein Leben gerettet. Willst du mich heiraten und die Meine sein?"
Die Prinzessin war so tief beeindruckt, dass sie sofort zustimmte. Im Schloss des Königs feierten sie dann eine grosse Hochzeit. Claret verbrannte das Zauberbüchlein und von da an lebten sie glücklich und zufrieden. Und wenn sie noch nicht gestorben sind, so leben sie noch immer...

L'UORS LUMPAZ

I d'era üna jada…

ün ami da la natüra dal Grischun chi fea jent vacanzas i'l Trentin. Minch'on cur ch'al vea libar, paquettea'l insembal ses fagot, charschea sia famiglia aint in l'auto i s'instradea vers al süd.

Rivi sülla plazza da campar sur Trento a l'ur dal god, mettea'l sü la tenda cun l'ajüd da ses kindals. Cur cha tot d'era bain fixà id installà sa plachea'l sülla sdraia i laschea al mond essar mond. Intaunt cha sia donna pognea tschaina sa laschea'l gustar üna bierina frais-cha tschüttond pro sco cha's kindals joean aint ill'aua d'ün aualet.

Al plü jent maingea'l charn sulvaschina. Parquai pigliea'l adüna cun sai üna tas-cha fraida plain charn tschierv, chavriöl o chamotsch par talla brassar sülla griglia. La sur da rain tschierv trea ilura tras tot al campegi. Parvida ch'el d'era ün bun schani veal er blers amis tauntar ses vaschins da tenda. La saira sezzean es ilura tots insembal vi da la maisa i sa quintond istorias i sfüflas gnia maingià i baivü fin tard aint palla not.

Mo nüglia be as jasts dal campegi surean quist rost saurus! Ün di, be par cas, vea ün juan uors, chi vivea in ques cuntuorns chattà la via vers al campegi. Schon da dalöng tal trea üna surina dalettaivla sü pa'l nas. Bondarius sco cha's uors sun nu padea'l far atar sco ir do a quista sur. Plü daspera cha'l gnia, plü bain chi surea.

El es gni naun, ischè daspera sco pussibal par nüglia gnir scuvert i tschüttea sot la frus-chagl'ora chai chi capitea sül campegi. Massa blers umauns! Mo la sur…! La gula d'era plü gronda co la temma. Lönch ha'l observà l'ir i gnir fin cha l'ha tschatt'ora d'ingiua cha quist'udurina vegn. Ün hom pigliea ora ün clap toc charn or d'üna gronda tas-cha chi's rechattea aint in ün da ques chars cun rodas cha's umauns dovran par ir intuorn.

"Aha!" ha pensà l'uors. "Quist umaun sto gnir or dal pajais da la cucogna, scha'l ha ischè bunas robas aint in ses char. Co füss

quai bê, vivar in ün lö ingiua chi da delizias da quista raffinezza!"
Stüdiond vi dal pajais da la cucogna tal culea la sbaba jo pal bech.
Ilura tal es gni ün'idea: "Jau padess ma zoppar aint il char das umauns, i cur chi vaun a chà, ma mainan es directamaing in quel lö miraviglius. Scha jau ma zopp bain sot tot quel plundar chi haun cun sai, nu s'incorschan ques garanti da nüglia".

El ha sa retrat sot ün grond zondar i cun pazenzia d'uors ha'l spettà cha'ls umauns sa fessan pronts par ir a chà. Mo sia pazienza gnit sottoposta ad üna düra proa: duoi dis i duos nots! Fin cha la banura dal terz di…finalmaing! L'hom chi parea dad essar al capo da quel tröp ha cumainzà da rumir insembal lur roba. Cur chi vean bod a fin ha l'uors spettà jo ün mumaint cha ningün nu tschüttea, i cun ün zat è'l saltà dovart aint al char i sa sfulgiond sot la roba aint s'ha'l zoppà ichè bain sco pussibal.

I nun es it lönch chi ha dat ün sfratsch i l'üsch es it serrà. Ossa ha l'uors listess clappà ün pa temma. "I schi ma vezzan? Mes dis sun quintats i jau vegn bain a finir aint il pajais da la cucogna, mo sco cultar davaunt ün föcler!" Mo i d'era massa tard. As umauns sun gnits aint il char i haun serrà tot as üschs. I nu tal restea atar sco star quettina sot las cuertas i sperar cha tot jetta bain.

Lungas uras schlottrariea al char sü i jo, via i naun. L'uors nu d'era adüsà da gnir squassà intuorn in ün tal möd. El d'era tot verd in vista id i tal parea d'avair ün som d'avs aint in ses stommi. Be l'impissamaint vi dal pajais da la cucogna ha fat cha'l es stat bun da tegnar tot pro sai i da star quettina.

L'ami da la natüra, intaunt rivi Süsom Givè, ha dit cun sia donna: "Co füssi scha nu sa fermessan a Buffalora par baivar ün cafè? Jau n'ha sai i vögl stendar las jommas". Ischè, do amo ün pêr stortas es al char finalmaing stat quet.

As umauns haun bandunà al char i sun its via pro'l restorant. Par furtüna hauni laschà l'üsch dal char ün pa avert par laschar gnir aint ün pa aria frais-cha.

Quist d'era l'occasiun par l'uors par sa far or da la puolvra! Cun ün zat d'era'l or dal char, aint par la zondra i sü par la costa. Ningün nu tal vea vis.

Cha furtüna, finalmaing aint il pajais da la cucogna. Do tot quistas aventüras vea'l üna fom naira: "So, ossa vögli vezzar ingiua cha las delizias creschan", ha'l simpissà id ha stendü al calöz par vezzar sur al mot ora do al qual cha'l stea.

Cha stramizzi! El tschüttea directamaing aint illa vista cotschna dad üna donna grossa cun chaves jelgs chi sezzea be do al mot i markea ses territori. La donna ha dat sü ün zat id ha cumainzà a sbrajar: "Aaah, Hans-Rüdiger…guck Mal: ein Bäääär". I dond da la bratscha sco üna narra è'la sgaloppada jo par la jonda chi fea be puolvra.

Da quel munaint davent nun ha noss uors tegni plü ün mumaint pos. Tot as abitaunts dal pajais da la cucogna tal lean vezzar. I gnian in schurmas cun chars gronds i pitschans, munits cun speals, apparats da fotografar i film.

Sot quistas cundiziuns nu d'eri natüralmaing plü da stüdiar vi dal tschertschar las delizias dal pajais da la cucogna. L'uors ha simpissà: "Sch'jau ma mett ün pa in posa, chi possan far lur pilts, schi gnarauni bain stüffis i ma lascharaun ilura in pos?"

Ischè ha'l sa mossà da la vart retta, da la vart sinistra, da davaunt i dafatta da dovart. As umauns gnian bod nars da tal tschüttar i fotografar. Cul temp pero es gnida la situaziun staintusa. I nu lean plü rafüdar, i la fom da l'uors gnia adüna plü gronda. "Mo nun haun quists tambaloris amo mai vis ün uors?" sa dumondea'l.

La not seguainta ilura, ha l'uors sa fat davent par clappar final-maing ailch tauntar as daints. L'es trottà sur ün munt ora i do ün röval ha'l viss üna sort sulvaschina ch'el nu vea amo mai inscun-trà. Quistas bes-chinas d'eran quernadas aint cun rutschals albs. I tschüttean ora sco plumatschs. "Quist stolan essar las delizias dal pajais da la cucogna!" ha s'impissà l'uors.

El es it via pro'l tröp id ha insajà ün toc da la prüma bes-cha. Mo cha dischilusiun! La nu gustea gnanca zich sco quella buntà cha l'hom sül campegi vea paquettà ora.

Ilura ha'l s'impissà: "Forsa cha la prosma gusta megldar?" Mo do avair insajà daplü co üna dunzaina nu vea'l amo adüna nüglia chattà üna buna.

L'es gni stüffi id es ilura it sur amo ün munt ora. Er do quel ha'l inscuntrà darchau ün tröp da quistas bes-chinas plumatsch. Darchau ha'l insajà ün pêr, mo nigüna nu d'era congualabla a la buna sur, ch'el vea amo adüna aint il nas.

Ichè è'l it da munt a munt, da tröp a tröp, chertschond quist gust extraordinari chi's vea ars aint in sia memoria.

As ons sun passats. Bleras jadas es crodada la naiv id ha darchau fat plazza al chad da la stà. L'uors es gni vegl i staungal. Mo amo adüna va'l girond sur as munts i las blaischs da las Alps dal süd, chertschond sia schimera: La delizia dal pajais da la cucogna.

Scha Vu tal vezzauat: fat üna fotografia…

LUMPAZ DER BÄR

Es war einmal...

ein Bündner Naturfreund, der seine Ferien am liebsten bei Trento verbrachte. Jedes Jahr zur gleichen Zeit packte er seine Siebensachen, verfrachtete Frau und Kinder in sein Auto und machte sich auf gen Süden.

Bei Trento angekommen, fuhr er zum Campingplatz und stellte sein Zelt mit Hilfe seiner Kinder am Waldrand auf. Als alles gut befestigt und verstaut war, fläzte er sich auf seinen Liegestuhl und liess die Welt gut sein. Während seine Frau das Abendessen zubereitete, schaute er zu, wie seine Kinder im Wasser eines Bächleins spielten und nippte an einem kühlen Bier.

Am liebsten mochte er Wildbret. Darum brachte er immer eine gut gefüllte Kühltasche mit Hirsch-, Reh- und Gamsfleisch mit in die Ferien. Diese saftigen Fleischstücke wurden dann auf dem Grill gebraten und deren Duft zog dann durch das ganze Campingareal. Weil er auch sonst ein guter Mensch war, hatte er viele Freunde unter seinen Zeltnachbarn. Am Abend sassen sie dann alle zusammen bei Tisch. Sie assen, tranken und erzählten einander wahre und unwahre Geschichten bis spät in die Nacht.

Aber nicht nur die Gäste des Campings rochen diesen saftigen Braten! Eines Tages, als ein junger Bär diese Gegend durchstreifte, stieg ihm ein verlockender Duft in die Nase. Neugierig wie Bären so sind, wollte er dessen Ursprung ergründen. Je näher er dem Camping kam, desto unwiderstehlicher roch es.

Er näherte sich dem Waldrand so weit er konnte ohne entdeckt zu werden und spähte zwischen den Büschen hervor. Zu viele Menschen! Aber seine Lust auf etwas Gutes war stärker als seine Angst. Lange beobachtete er das Treiben auf dem Campingplatz. Endlich erspähte er, woher dieser auserlesene Duft herkam. Ein Mensch nahm eben ein riesiges Stück saftiges Fleisch aus einer dieser Kisten mit Rädern, derer sich die Menschen bedienten um sich fortzubewegen.

„Aha!", dachte sich der Bär. „Dieser Mensch muss auf direktem Wege aus dem Schlaraffenland kommen, wenn er so gute Dinge mit sich führt. Wie schön wäre es an einem Ort zu leben, wo Köstlichkeiten solcher Raffinesse herkommen!"

Und während er so über das Schlaraffenland nachdachte, lief ihm vor Begierde der Speichel im Mund zusammen. Dann kam ihm eine Idee: Ich könnte mich in der Kiste mit Rädern dieser Menschen verstecken. Wenn sie dann heimkehren, führen sie mich mitten ins Schlaraffenland hinein. Ich verstecke mich unter dem ganzen Zeug das sie mitführen, so merken sie bestimmt nichts."

Er zog sich unter eine Föhre zurück und wartete mit wahrer Bärengeduld darauf, dass die Menschen aufbrechen würden. Seine Geduld wurde aber auf eine harte Probe gestellt. Zwei Tage und zwei Nächte tat sich nichts! Endlich, am Morgen des dritten Tages begann der Mensch, der der Führer dieser Herde zu sein schien, seine Sachen zusammenzupacken. Als er fast fertig war, nutzte der Bär einen unbeobachteten Moment um mit einem grossen Satz aus dem Gebüsch in die Kiste mit den Rädern zu springen. Er grub sich unter die Decken und Taschen und machte sich ganz klein.

Es dauerte nicht lange, bis die Türe mit einem Knall zugeschlagen wurde. Jetzt bekam er es doch noch mit der Angst zu tun: „Und wenn sie mich entdecken? Dann sind meine Tage gezählt und ich komme wohl ins Schlaraffenland, aber als Vorleger vor einen Kamin!" Für solche Überlegungen war es nun aber zu spät. Die Menschen stiegen in ihre Kiste und schlossen alle Türen. Es blieb ihm nichts anderes übrig als schön still zu sein und zu hoffen, dass alles gut ginge.

Viele Stunden wurde er richtiggehend durcheinandergerüttelt. Die Kiste schlingerte auf und nieder, hin und her, wie er es noch nie erlebt hatte. Er wurde ganz grün im Gesicht und hatte das Gefühl ein ganzes Bienenvolk in seinem Magen zu haben. Nur der Gedanke an das ersehnte Schlaraffenland sorgte dafür, dass er sich nicht übergeben musste und still bleiben konnte.

Als der Bündner Naturfreund bei Süsom Givè vorbei fuhr, sagte er zu seiner Frau: „Wie wär's, wenn wir in Buffalora anhalten um einen Kaffee zu trinken? Ich möchte mir auch die Beine vertreten". So hielt die Kiste dann nach ein paar weiteren Kurven an und die Menschen stiegen aus. Zum Glück liessen sie eine Türe einen Spaltbreit offen, um frische Luft in die Kiste zu lassen.

Dies war die Gelegenheit für den Bären um sich aus dem Staub zu machen! Mit einem Satz war er aus der Kiste und durch die Legföhren den Hang hinauf entkommen.

Niemand hatte ihn gesehen.

Welch ein Glück! Endlich im Schlaraffenland! Nach all diesen Abenteuern hatte er einen sprichwörtlichen Bärenhunger. „So, jetzt will ich sehen, wo die Köstlichkeiten des Schlaraffenlandes wachsen!", dachte sich der Bär, streckte den Hals und hob seinen Kopf über den Felsen, hinter dem er sich versteckt hatte.

Er erstarrte vor Schrecken. Der Bär blickte geradewegs in das rote Gesicht einer dicken, gelbhaarigen Frau, die eben dabei war ihr Gebiet zu markieren. Diese tat einen Satz und fing lauthals an zu schreien: „Ahhh, Hans-Rüdiger...guck Mal: ein Bäääär!", dabei ruderte sie wild mit den Armen und rannte die Böschung hinunter, dass es nur so stob.

Von diesem Augenblick an hatte unser Bär keine ruhige Minute mehr. Alle Bewohner des Schlaraffenlandes wollten ihn sehen. Sie kamen massenweise in ihren grossen und kleinen Kisten hergefahren, ausgerüstet mit Ferngläsern, Foto- und Filmapparaten.

Unter solch gearteten Bedingungen war an eine Suche nach den Köstlichkeiten des Schlaraffenlandes natürlich nicht mehr zu denken. Der Bär überlegte: „Wenn ich mich ein bisschen in Pose stelle, damit die Menschen ihre Fotos machen können, so wird es ihnen bald verleiden. Dann werden sie mich wohl in Ruhe lassen?" So zeigte er sich von der rechten Seite, drehte sich auf die linke Seite, liess sich von vorn fotografieren und sogar von hinten. Die Menschen aber liessen nicht von ihm ab und fuhren fort ihn abzulichten und ihn überallhin zu verfolgen. Mit der Zeit wurde die Situation etwas mühsam. „Ja, haben diese Trottel denn noch nie einen Bären gesehen..?", fragte sich der Bär.

In der darauf folgenden Nacht machte sich der Bär dann aus dem Staub um endlich etwas zwischen die Zähne zu bekommen. So stieg er über einen Berg auf der Suche nach etwas essbarem. Auf der Böschung am Hang sah er dann eine Art Wild, die er noch nie zu Gesicht bekommen hatte. Diese Tiere waren von vorn bis hinten mit weissen Locken bedeckt. Sie sahen aus wie weiche Kissen mit Beinen.

„Dies müssen die Köstlichkeiten des Schlaraffenlandes sein!", dachte sich der Bär. Er ging hin zur Herde und probierte ein Stück des ersten Tieres. Welch eine Enttäuschung! Es schmeckte nicht annähernd so gut wie die Dinge, die der Mensch auf dem Camping aus seiner Kiste gepackt hatte.

„Vielleicht schmecken die anderen besser?", dachte er sich. Er probierte über ein Dutzend dieser Tiere, fand aber kein einziges gutes darunter.

Dies verleidete ihm und so stieg er über den nächsten Berg. Auch dort stiess er wieder auf eine Herde dieser Kissen-Tiere. Wieder probierte er ein paar davon, aber keines schmeckte so gut wie der Duft, den er noch immer in seiner Nase spürte.

So lief er von Berg zu Berg, von Herde zu Herde, immerfort diesen einzigartigen Geschmack suchend.

Die Jahre vergingen. Viele Male fiel der Schnee und machte wieder der Wärme des Sommers Platz. Der Bär wurde alt und müde.

Aber immer noch streift er auf den Bergen und Lichtungen der südlichen Alpen umher, auf der Suche nach seiner Schimäre: den Köstlichkeiten des Schlaraffenlandes.
Sollten Sie ihm begegnen: Schiessen Sie ein Foto...

JON CLÀ SUNA AL ROCK

Par ses deschaval anniversari ha Jon Clà clappà ün regal cha'l nu vess ma s'aspettà: üna ghitarra! Ses genituors d'eran paurs, i garanti nüglia richs, parquai d'eri be üna ghitarra dovrada. Mo a Jon Clà nu fea quai ora nüglia. El ha tut ses instrumaint, s'ha miss sün baunc pigna id ha dalunga cumainzà da strar vi da las cordas. Ch'el vea ün tschert talent par la musica vean ses genituors schon badà, mo co svelt cha Jon Clà ha imprais dad ir a darum cun quist instrumaint, nu vessan es mai sa miss avaunt.

A Jon Clà sa vezzei be plü intuorn cun sia ghitarra. Par mincha occasiun vea'l pront üna chanzun. I nu dea plü tuliris, nozzas o festas senza Jon Clà i sia ghitarra. Bainbod d'era'l cuntschaint er or val id in plazza da sia veglia ghitarra vea'l sa praistà üna bella, ghitarra electrica noa.

Cul müdar instrumaint ha müdà er sia musica id el ha scuvri sia vaira paschiun: ün dür i sech rock rumauntsch.

In tot al Grischun fea'l plain mincha sala id i'l radio gnian joà ses tocs. Do Cuoira d'ea'l bainbod er concerts a Turich i pro tot as open airs intuorn par la Svizra d'era'l ün punct da programm fix.

Sias CD's sa vendean adüna plü bain id as producents da musica vean cumainzà da badar cha cun Jon Clà sa poi far raps. I tal quintean sü co da nar ch'el sita i ch'al sto far quist i quai i cha dimena stess'al ossa far al pass a l'estar. Mo, cha cun rumauntsch nu vai. "Quai es bun par la provinza, ma aint il "Business internaziunal" da la musica dai be inglais, schi's vo gnir ad ailch!" discheni.

Jon Clà s'ha laschà glüschar as ögls i ha fat quai chi lean. El ha cumainzà da chauntar in inglais i dea conzerts a Minca i Berlina, a Milaun id a Roma. In qualche möd però vea sa müdà ailch!

Ses vegls fans chi jean plü bod tras fö i flomma par el, t'al vean dat la rain daspö ch'al chauntea sün inglais. La poesia, i quella tscherta sbrinzla magica ch'al vea aint il ritmus id in sias chanzuns nu lea plü ir via sül publicum aint illas salas i stadions.

Intuorn Clà esi gni adüna plü quet i la situaziun ha cumainzà da sa storschar. As managers i producents chi plü bod nu savean co bê far i tal impromettean las stailas jò dal tschêl, lean tot in üna jada vezzar raps. Mincha di veni üna pretaisa noa i Jon Clà nu savea plü da sa storschar daspür problems da raps, cuntrats id advocats chi t'al fean grev la vita.

Üna banura ilura, è'l sa sdruoglià in üna stanza d'hotel cun ün guai al chau sgrischaival. El nu savea plü ne co cha l'hotel vess nom, ne cha di chi d'era, ne in cha cità o cha pajais ch'al sa rechattea. Sül fond sper ses let ha'l vis amo la cloccas da Whisky vödas da l'ultima saira i sper el jaschea üna donna nüda ch'al nu vea amo mai vis.

El es stat sü id es it in bogn. Tot tal fea guai i sa tschüttond aint il speal s'ha'l dit: „Char Clà, ischè nu vai inavaunt! Ningün nu vo plü daldar tias chanzuns, tes amis haun t'imblüdà i raps nun hasch er plü nigüns. Chai vosch amo quia?" Ischè h'a'l trat ün strich id üna decisiun: „Jau vegn a chà!"

Quista jada nu spettea ningün sülla plazza da cumün cur cha l'es gni ora da la posta chi tal vea mainà sur al pass. Ningün bodyguards chi fean plazza davaunt el i ningünas juvninas chi lean autograms. Al d'era sulet sün via!

Vairamaing d'era'l cuntaint da quai. El nu lea plü vezzar a nigün. Pigliond sia tas-cha è'l chaminà vers sia chà paterna.

La düra laur illa pauraria da ses bap, l'aria frais-cha id as dis aint illa natüra haun guari a Jon Clà i do pac temp d'era'l darchau bod al vegl. El ha dafatta darchau cumainzà da chauntar. Mo be dascusin i be scha ningün nu d'era d'intuorn.

Üna banura ch'al d'era vi dal muldschar, h'al badà cha las vachas dean bler daplü lat sch'al chauntea üna chanzunina intaunt ch'al muldschea.

Da quel di davent d'era Jon Clà al paur chi portea al plü bler lat da tots in lataria. I d'era sco ün miracul. Nüglia be chi dean bler daplü, al lat d'era er bler plü bun id al chischöl gudognea tot as premis. As megldars restorants dal mond servean al chischöl da Jon. El es gni ün paur benestant.

Ün di tal ha dumondà ün atar paur, scha'l nu podess chauntar er par sias vachas. Jon Clà ha jent dit da schi, i quai tal ha portà sün ün'idea: "Jau podess offrir quist servezzan a tot as paurs. Quai jüdess a blers i jau gudogness ailch sperapro".

Tot as paurs haun ingaschà a Jon Clà, al chauntadur da lat, sco chi tal nomnean ossa. Las vachas dean ischè bler lat, id al chischöl d'era ischè bun chi fean affars da nar. Do pac temp jean as affars dafatta ischè bain, cha tot as paurs da la val haun scrit üna charta a Berna, renunziond sün tot las subvenziuns, par adüna!

Quella val es ida aint ill'istoria da la Svizzra sco prüma regiun chi nu dovrea plü ningünas subvenziuns.

L'on do, a l'OLMA a Son Gal ha Jon Clà survgni la medaglia da merit da la confederaziun or dals mauns d'ün cussagl federal, la televisiun ha fat üna reportascha id el es gni cuntschaint in tot al pajais.

Ischè ha Jon Clà listess fat carriera, nüglia ischè sco ch'el vea sa miss avaunt, mo, quai s'impissea'l minchataunt, bler megldar: sco prüm chauntadur da lat dal Grischun…

JON CLÀ SPIELT DEN ROCK

Zu seinem zehnten Geburtstag erhielt Jon Clà ein Geschenk, das er sich nie erträumt hätte: eine Gitarre! Seine Eltern waren Bauern und sicher nicht reich, deswegen war es nur eine gebrauchte. Dies störte ihn jedoch nicht. Er nahm sein Instrument, setzte sich auf die Ofenbank und sogleich fing er an die Saiten zu bearbeiten. Dass ihr Sohn ein gewisses musikalisches Talent besass, hatten seine Eltern bereits bemerkt. Aber sie hätten nie gedacht, dass er dieses Instrument so schnell beherrschen würde.

Jon Clà liess seine Gitarre nicht mehr aus den Händen. Zu jeder Gelegenheit hatte er ein Liedchen parat. Es gab kein Geburtstagsfest, keine Hochzeit und kein Dorffest ohne Jon Clà mit seiner Gitarre. Bald war er über das Tal hinaus bekannt und an Stelle seines alten Instrumentes hatte er sich eine schöne, neue Elektro-Gitarre geleistet.

Mit dieser neuen Anschaffung hatte sich auch seine Musik geändert. Er hatte seine Bestimmung entdeckt: einen beinharten, trockenen, rätoromanischen Rock.

In ganz Graubünden füllte er jeden Konzertsaal und auch im Radio wurden seine Stücke gespielt. Nach Chur gab er bald auch in Zürich Konzerte und bei jedem Schweizer Open Air war Jon Clà ein fixer Programmpunkt.

Seine CD's verkauften sich immer besser und die Musikproduzenten merkten, dass man mit Jon Clà Geld machen konnte. Sie erzählten ihm, wie toll er sei, er müsse dies und das machen und überhaupt wäre es an der Zeit den Schritt ins Ausland zu tun. Aber mit Romanisch ginge das nicht. „Das ist gut für die Provinz, aber im internationalen Musik-Business gibt's nur eins: „Englisch!", teilten sie ihm mit.

Jon Clà sah sich schon als Welt-Star und tat, was ihm gesagt wurde. Er sang nun seine Lieder in Englisch und trat bald in München und Berlin, in Mailand und Rom auf. Aber etwas hatte sich geändert! Seine alten Fans, die früher für ihn durchs Feuer gegangen wären, kehrten ihm nun, als er Englisch sang, den

Rücken. Und dieses gewisse Etwas, dieser magische Funken, der früher aus seinen Rhythmen und Texten zum Publikum übergesprungen war, war erloschen.

Um Clà wurde es immer ruhiger und die Situation fing an zu kehren. Seine Manager und Produzenten, die ihm noch vor kurzer Zeit das Blaue vom Himmel versprochen hatten, wollten auf einmal Geld sehen. Jeden Tag kam eine neue Forderung und Jon Clà wusste sich all der Anwälte mit ihren Geldforderungen und Vertragsklauseln, die ihm das Leben zur Hölle machten, nicht mehr zu erwehren.

Eines Morgens wachte er in seinem Hotelzimmer mit einem grässlichen Brummschädel auf. Er wusste nicht, wie das Hotel hiess, noch in welcher Stadt er sich befand. Auch das heutige Datum oder welcher Tag gerade war, wusste er nicht zu sagen. Auf dem Boden um das Bett lagen noch die leeren Whiskyflaschen des Vorabends und neben ihm in seinem Bett lag eine ihm unbekannte, nackte Frau.

Er stand auf und schlurfte ins Badezimmer. Alles tat ihm weh und während er sich im Spiegel betrachtete, sagte er sich: „Lieber Clà, so geht es nicht weiter! Keiner will mehr deine Musik hören, deine Freunde haben dich verlassen und Geld hast du auch keins mehr. Was willst du noch hier?" So zog er einen Strich und fällte eine Entscheidung: „Ich gehe heim!"

Dieses Mal erwartete ihn niemand auf dem Dorfplatz, als er aus dem Postauto stieg, das ihn über die Passtrasse gefahren hatte. Keine Bodyguards, die für ihn Platz schaffen mussten, keine Mädchen, die nach Autogrammen schrieen. Er stand allein auf der Strasse!

Ehrlich gesagt war es ihm auch egal und eigentlich war er froh darüber. Er wollte niemanden mehr sehen. Er nahm seine Tasche in die Hand und lief heimwärts.

Die harte Arbeit auf den Feldern seines Vaters, die frische Luft und die Tage mitten in der Natur heilten seine Wunden und bald war er wieder fast der Alte. Manchmal sang er sogar wieder ein Liedchen. Aber nur ganz leise und nur, wenn sonst niemand anwesend war, der ihn hätte hören können.

Eines Morgens, als er beim Melken war, merkte er, dass die Kühe viel mehr Milch gaben, wenn er während des Melkens ein Lied sang.

Von diesem Tag an war Jon Clà der Bauer, der am meisten Milch von allen in die Molkerei trug. Es war wie ein Wunder. Es war nicht nur so, dass es mehr Milch war. Diese Milch war auch von viel besserer Qualität und der Käse der aus dieser Milch hergestellt wurde, gewann alle Preise. Die besten Restaurants des Landes servierten seinen Käse und Jon Clà wurde ein wohlhabender Mann.

Eines Tages fragte ihn ein anderer Bauer, ob er auch für seine Kühe singen würde? Jon Clà sagte gerne „ja" und dies brachte ihn auf eine Idee: „Ich könnte diesen Service allen Bauern anbieten. Das würde sicherlich vielen helfen und ich würde noch etwas dazu verdienen".

Alle Bauern des Tales beauftragten Jon Clà, den Milchsänger, wie sie ihn jetzt nannten, auch für ihre Kühe zu singen. Diese gaben bald so viel Milch, und ihr Käse war so gut, dass die Geschäfte die Erwartungen bei weitem übertrafen. Nach einiger Zeit hatten sie so hohe Einnahmen, dass alle Bauern des Tales einen Brief nach Bern sandten, in dem sie auf alle Subventionen verzichteten. Für immer! Dieses Tal ging in die Schweizer Geschichte ein als die erste Region, die keine Subventionen mehr benötigte.

Als im nächsten Jahr die OLMA in St.Gallen stattfand, wurde Jon Clà aus den Händen eines Bundesrates die Ehrenmedaille der Eidgenossenschaft verliehen. Das Fernsehen brachte eine Reportage über ihn und er wurde berühmt im ganzen Land.

So machte Jon Clà dennoch Karriere. Nicht so, wie er sich das vorgestellt hatte, aber, so dachte er manchmal für sich, viel besser: als Graubündens erster Milchsänger...

DER MALER

Der 1937 geborene Rudolf Mirer ist einer der bekanntesten und erfolgreichsten Künstler der Schweiz. Der Bogen seiner künstlerischen Ausdruckskraft ist weit gespannt: er reicht von der Verbundenheit mit seiner Heimat, mit den Bergen und der Natur sowie der Tierwelt bis hin zu sakralen Themen und der Abstraktion.

Den Entschluss, Maler zu werden, fasste Rudolf Mirer während seines zweijährigen Aufenthalts in Rom, wo er als Angehöriger der Schweizergarde zwei Päpsten diente. In die Schweiz zurückgekehrt, setzte er seinen Entschluss mit der den Walsern eigenen Beharrlichkeit in die Tat um.
Der Erfolg stellte sich denn auch ein und hält nun seit vier Jahrzehnten an.

Den endgültigen Durchbruch schaffte Rudolf Mirer mit einer grossen Ausstellung im Seedamm-Kulturzentrum in Pfäffikon im Jahre 1986. Es folgten Ausstellungen in zahlreichen Schweizer Städten sowie in Schongau und Regensburg in Bayern.

Seine künstlerische Ausdruckskraft hat auch internationale Anerkennung gefunden. 1993 erhielt Rudolf Mirer von der UNO in New York den ehrenvollen Auftrag, ein Bild zum Thema "Flüchtlinge" zu schaffen. Er überzeugte damit so sehr, dass er zum 50-Jahr-Jubiläum der UNO auch drei Sonderbriefmarken gestalten durfte.

Rudolf Mirer setzt sich in seinem Schaffen mit der Umwelt und den Menschen auseinander und hilft zu verstehen, nicht so sehr mit dem Kopf, aber mit dem Herzen.

DER AUTOR

Plinio Meyer, geboren 1962 in Zürich, kam als „Unterländer" im Jahre 1968 im Schlepptau seiner Eltern nach Müstair, wo diese das ehrwürdige Hotel Münsterhof in vierter Generation übernahmen. Seine unbeschwerte Jugend im bündnerischen Müstair prägten ihn und er lernte diesen idyllischen Ort und seine Menschen lieben.

Auch er wählte eine Laufbahn in der Hotellerie. Später ging er in die Welt hinaus und arbeitete in verschiedenen Ländern Europas und in Übersee. Es zog ihn aber unwiderstehlich wieder zurück in seine Heimat. 1990 heiratete er seine Müstairer Jugendliebe und übernahm seinerseits das elterliche Hotel. Nun wächst die sechste Generation heran.

Geschichten und Sagen gehören seit jeher zu einer bündner Kindheit, so selbstverständlich wie Roggenbrot, Alpkäse und Kühe hüten. So tauchte auch Plinio Meyer ein in diese Welt der Fantasie. Doch jeder dieser überlieferten Geschichten, derer es in den Tälern Graubündens so viele gibt, liegt auch ein Funken Wahrheit oder eine tatsächlich geschehene Begebenheit zugrunde. So fügt der Autor hier in seinem ersten Buch einigen bekannten, auch ein paar neue Sagen hinzu.